Il mistero del cane

犬の謎《なぞ》

マリオ ローディ／作
ディレッタ リベラーニ／絵
平田真理／訳

カジワラ書房

もくじ

1 あのクリスマスの日 …… 5
2 心臓《しんぞう》はまだ動《うご》いている …… 12
3 獣医《じゅうい》（動物《どうぶつ》のお医者《いしゃ》さん） …… 20
4 夢《ゆめ》 …… 28
5 シフト …… 34
6 チェルビーノ山 …… 42
7 ミルクがなくなっている …… 47
8 わらのベッド …… 51
9 あけましておめでとう！ …… 56
10 猟場《りょうば》管理人《かんりにん》 …… 60

11 名前のない犬 …… 67
12 日記 …… 76
13 ボール遊《あそ》び …… 81
14 川で …… 86
15 フェーボとの夏 …… 98
16 ディアナ …… 105
17 行方不明《ゆくえふめい》のタートくん …… 109
18 謎《なぞ》 …… 116

1　あのクリスマスの日

このお話は、ずいぶん前のクリスマスの日からはじまる。

当時ぼくは十歳《さい》で、長ズボンなんてはきたくなかった。

新しい上着《うわぎ》とズボンは、かあさんが作ってくれた。かあさんはぼくのサイズをはかり、きれいなブルーグレーの生地《きじ》を買って、裁断《さいだん》し、ぬってくれた。

クリスマスの日、それらはベッドのそばのイスの上にあった。かあさんはもう大人《おとな》だからと言って、長ズボンをはかせようとしたけれど、ぼくはいやだった。

「はかないよ！」ぼくはくりかえした。

大人《おとな》の世界に足をふみ入れたくなかった。大人《おとな》は遊《あそ》ばないで働《はたら》くだけだと思っていたからだ。それにひきかえぼくたち子どもは、夏だろうが冬だろうが半ズボンで野原をかけまわり、水たまりをとびこえ、ひざの傷《きず》だって自然《しぜん》に乾《かわ》いてすぐになおった。

かあさんはぼくを前にして、感情《かんじょう》をおさえ、きぜんとしていた。

「早くしなさい！　もうすぐ盛大《せいだい》なミサの鐘《かね》がなるわ！」手にはズボンを持《も》っていた。

「はくだけでも、はいてみたらどうなの！」おだやかに、キッパリと言った。

それは、ぼくがズボンに足を入れざるをえないような言い方だった。かあさんはズボンにぼくの足をとおした。それから、ぼくはかあさんにされるままに、新しいシャツをズボンの中に入れ、ボタンをとめ、ベルトをちょうどよい位置《いち》でしめて上着《うわぎ》を着《き》た。

かあさんはぼくを鏡《かがみ》の前に連《つ》れていき「完《かん》ぺきね」と言ってタンスから青いベレー帽《ぼう》を取《と》りだし、ぼくの頭にななめにかたむけてのせた。

「ごらんなさい。なんてステキなの！　まるで色男だわ！」

「あついよ」

「外は霜《しも》がおりて凍《こお》りついているのよ。これなら温《あたた》かいでしょ」

「足がムズムズする」

「生地《きじ》が新しいからね。そのうちなれて、何も感《かん》じなくなるわ！」

ぼくは半ズボンをはいたばかりの弟を指《ゆび》さした。

「でもシルバーノは、はいてないよ！」

「まだ七歳《さい》で子どもだからね」

「イースターには、ぼくにも作ってくれる？」

シルバーノが聞いたけれど、かあさんは時間に追《お》われていたから何も答えず、ぼくたちの準《じゅん》備《び》を整《ととの》えると、真夜中《まよなか》のミサで見た新しいプレゼピオ（キリスト降誕《こうたん》の場面《ばめん》を表《あらわ》した模型《もけい》 おもにクリスマスの時期《じき》にかざられる）を見にいくように言った。

「それはとっても美《うつく》しいのよ。あなたたち、離《はな》れないで一緒《いっしょ》にいなさい」

「一緒《いっしょ》だなんて、ぼくはいやだよ。だってシルバーノは半ズボンでまだ子どもなのに、ぼくだけ大人みたいに長ズボンをはいていたら、かげでくすくす笑《わら》われちゃうよ」

「まあいいわ。それならあなたは大人《おとな》と一緒《いっしょ》に行って、シルバーノは小さい子たちと行けばいいでしょ」かあさんはやさしく、ぼくたちをドアから押《お》しだした。

外は晴れて、明るい陽《ひ》の光が家々をてらしていた。お祝《いわ》いの鐘《かね》がなりはじめ、かあさんは「急《いそ》いで、急《いそ》いで」と言って、ぼくたちが手をつないで教会へ行くのを、門のところで見ていた。

空気は本当に冷《つめ》たかった。道沿《みちぞ》いの溝《みぞ》の草が霜《しも》で白くなっていた。シルバーノがその白い草をちぎり「おじいちゃんみたいな白いひげだよ」と見せたけれど、ぼくは笑《わら》う気にはなれなかった。道ばたを歩きながら、溝《みぞ》の底《そこ》に残《のこ》った水が、曲《ま》がりくねって凍《こお》っているのを見ていた。

そのとき、シルバーノが溝《みぞ》の中にとびおり、足で氷《こおり》の表面《ひょうめん》をわった。おもしろがって二歩、三歩と歩いては中にとびおり、固《かた》い氷《こおり》の板《いた》をわろうとしていた。ぼくもやりたかったけれど、このいまいましい長ズボンがよごれてしまうからがまんした。一方シルバーノは、上へ下へとシカのようにとびはねていた。

突然《とつぜん》、氷《こおり》の板《いた》がわれ、靴《くつ》の先が泥《どろ》の中にしずんでしまった。シルバーノはとびあがり、草を少しちぎって靴《くつ》をきれいにしようとした。ぼくは弟を手伝《てつだ》った。

草の束《たば》をちぎっていたちょうどそのとき、溝《みぞ》の少し向《む》こうに「何か」が見えた。草と霜《しも》にうもれている、白くて毛深《けぶか》い「何か」が。

ぼくは手をとめ、弟と二人でその「何か」を見つめた。
「なんだろう？」シルバーノが聞いた。
ぼくたちは用心深《ようじんぶか》く近づいた。
「けもの」シルバーノが言った。
「犬だ」ぼくは溝《みぞ》のふちによりかかっている犬の頭を見て声をあげた。
「死《し》んでいる」シルバーノがつぶやいた。
ぼくも思った。
――もう死《し》んでいるのかも。
目をとじ、息《いき》をしていないような犬の頭に手をおいた。
「冷《つめ》たいね」シルバーノも指先《ゆびさき》で犬にふれた。
犬の毛は冷《つめ》たく、ごわごわしていた。
ぼくは手をさらに下へすべらせ、お腹《なか》の上においた。
しばらくお腹《なか》にふれていると、何かが「トックトック」と動《うご》くのを感《かん》じた。

――心臓《しんぞう》だ！　まだ息《いき》がある。

弱々しく上下しているお腹《なか》を指《ゆび》さして叫《さけ》んだ。

「生きている！」

「でも、なんで目をあけないの？」

「死《し》にかけているからだ。助《たす》けないと」

ぼくは犬を救《すく》うために、今すぐにできることは何だろうと考えた。

2　心臓《しんぞう》はまだ動《うご》いている

「パオリーノの家に行ってくる」

ぼくは同じ通りの少し先にある、友だちのパオリーノの家に向《む》かって歩きだした。

シルバーノはなみだ声になった。

「それで、ぼくは？」

「ここにいて。すぐにもどるから」

「もし、死《し》んじゃったら？」

ぼくは弟を残《のこ》し、パオリーノの家に急《いそ》いだ。

窓《まど》から呼《よ》ぶと、彼《かれ》もミサに行く用意《ようい》ができていたので、すぐに家から出てきた。ぼくは溝《みぞ》に死《し》にそうな犬がいて、助《たす》けなければならないことを手短《てみじか》に話した。

犬のところに走ってもどると、パオリーノがすぐに言った。

「大きい犬だな。手押《てお》し車《ぐるま》がいる」

パオリーノは家に引きかえすと、あっという間に工事用《こうじよう》の手押《てお》し車《ぐるま》を押《お》してもどってきた。犬を持《も》ちあげるのはなんとも大変《たいへん》なことだった。重《おも》かったし、頭も垂《た》れさがっていた。シルバーノが手で頭を起《お》こし、ぼくは足を持《も》ちあげたけれど、そのうち一本は折《お》れていた。パオリーノが体をかかえ、なんとか力を合わせて犬を持《も》ちあげると、ようやく手押《てお》し車《ぐるま》にのせることができた。犬の頭は血《ち》まみれだった。

「だけど、本当にまだ生きているのかな？」

パオリーノは心臓《しんぞう》の動《うご》きを確《たし》かめようと、耳を胸《むね》に近づけ、つぶやいた。

「心臓《しんぞう》は動《うご》いている。でも、弱い」

ちょうどそのとき、向《む》かいの家の窓《まど》があき、おばあさんがぼくたちに何をしているのか聞いた。

「けがをしている犬を運《はこ》んでいるんです」

パオリーノが答えると、おばあさんは叫《さけ》んだ。

「ああ、夜中の三時に起《お》こったのは、このことだったのね。トラックが通りかかって何か大きな物音《ものおと》が聞こえたの。そのすぐあとに、犬がないてないて。かわいそうに……トラックにひかれたのかと思ったわ。だから今日《きょう》、朝一番のミサに行くときに、犬の死体《したい》を見かけるって信《しん》じて疑《うたが》わなかったの。でも何もなかったから、夢《ゆめ》でも見たのかと思って……」

「溝《みぞ》の中にいたんです」ぼくは言った。

おばあさんは、ぼくたちがパオリーノの家に着《つ》いてもまだ話していた。

パオリーノが表《おもて》の門をあけながら言った。

「中庭《なかにわ》のすみに使《つか》っていない小屋《こや》がある。そこに犬を寝《ね》かせよう」

小屋《こや》には棒《ぼう》でしまるドアがあった。棒《ぼう》をはずして中をのぞいてみると、小屋《こや》はせまいけれど清潔《せいけつ》だった。床《ゆか》はコンクリートで、壁《かべ》には小さい格子窓《こうしまど》がついていた。

パオリーノが部屋《へや》のすみを指《ゆび》さした。

「ここに寝《ね》かせよう。でも、床《ゆか》が冷《つめ》たいな」

そして小屋《こや》から出ると、つぎはぎのある古い毛布《もうふ》を持《も》ってすぐにもどり、二つ折《お》りにして床《ゆか》の上にひろげた。

ぼくたちはまるで三人の看護師《かんごし》のように、ふたたび犬をだきあげ、犬の寝床《ねどこ》に整《ととの》えられた毛布《もうふ》の上に、ゆっくりと寝《ね》かせた。

「なにか犬にかけてあげないと……ここも寒《さむ》いからね」

ぼくがつぶやくと、パオリーノはまた外に出ていった。ぼくたち兄弟もあとに続《つづ》き、鳥小屋《とりごや》や軒下《のきした》、地下室などを探《さが》した。でも、使《つか》えそうなものは何もなかった。そこで、パオリーノは家の方に探《さが》しにいった。

やがて、派手《はで》な色のひざかけを持《も》ってもどると、二つ折《お》りにして犬の体にかけ、息《いき》ができるように顔は外に出した。

シルバーノは血《ち》のついた頭をなでながら、耳元《みみもと》でやさしくささやいた。

「もし生きているなら、どうして目をあけてくれないの？　せめて、片目《かため》だけでも……ぼくらは君《きみ》の友だちなんだ」

しかし、犬は横向《よこむ》きに寝《ね》ころがったまま、顔を地面《じめん》につけ、まるで死《し》んでいるようだった。ひざかけをかろうじて上下させるかすかな呼吸《こきゅう》だけが、犬がまだ生きていることをぼくたちに伝《つた》え、希望《きぼう》をくれていた。

――これからどうしよう?

ふたたび鐘《かね》がなり、ミサの終《お》わりを告《つ》げた。ぼくたちは、結局《けっきょく》クリスマスのミサに行くことができなかった。

新しいズボンと上着《うわぎ》は毛だらけだったので、ぼくはできるだけ手ではらおうとした。パオリーノのコートもよごれていて、袖《そで》についた犬のよだれや血《ち》が乾《かわ》いて固《かた》まっていた。鳥小屋《とりごや》にはたらいがあり、水がところどころ凍《こお》っていた。ぼくはその水でハンカチをぬらし、パオリーノのコートをせいいっぱいきれいにしようとした。

「靴《くつ》がよごれちゃった……足もぬれちゃった……」シルバーノはめそめそしていた。

「とうさんとかあさんには聞こえていないよ」パオリーノがささやいた。

「行こう!」ぼくたちは通りにもどった。

さっきのおばあさんが、今度《こんど》は男の人と話していた。

「あいつらは犬を使《つか》えるうちは使《つか》って……それから子犬を育《そだ》て、年をとった用無《ような》しの犬は手ばなすのさ。走っている車の窓《まど》から投《な》げ捨《す》てたりしてね……」男の人が言っていた。

人々が外に出てくる流《なが》れに逆《さか》らい、ぼくたちは教会に入った。

教会の中には子どもや大人《おとな》たちがまだ残《のこ》っていて、キリスト降誕《こうたん》の場面《ばめん》にみとれていた。

プレゼピオには明かりのついた大きな家畜小屋《かちくごや》の模型《もけい》があり、中には幼子《おさなご》イエス、聖母《せいぼ》マリア、聖《せい》ヨセフ、羊飼《ひつじか》いたちの像《ぞう》などがおかれていた。上の方では天使《てんし》たちがぶらさがり、歌を歌っていた。

ぼくはプレゼピオを見ながら、小屋《こや》に残《のこ》してきた死《し》にかけている犬のことを考えていた。

――いや、もうすでに死《し》んでしまったのかもしれない。

パオリーノも、弟のシルバーノも、ぼくのとなりでだまってプレゼピオを見ていた。たぶん同じことを考えていたのだろう。

ぼくはイエスさまにお願《ねが》いした。

「イエスさま、どうかぼくたちの犬を死《し》なせないでください」

パオリーノがぼくに耳打《みみう》ちした。

「あの犬をどこにおいたのか、誰《だれ》にも言わないことにしよう」

「イエスさまにも？」

「いいんだ。どっちみちイエスさまは何でも知っているから」

「かあさんにも？」

シルバーノがささやくと、パオリーノが言った。

「誰《だれ》にも」

3　獣医《じゅうい》（動物《どうぶつ》のお医者《いしゃ》さん）

家に帰ると、かあさんがおばあちゃんと台所《だいどころ》でいそがしくしていた。

ぼくとシルバーノは、二人に見つからないように部屋《へや》の中にとじこもった。ぼくはズボンと上着《うわぎ》をぬぎ、くっついた犬の白い毛を取《と》るためにブラシをかけはじめた。シルバーノは靴《くつ》をぬいでストーブの近くにおいて乾《かわ》かし、こびりついた泥《どろ》を棒《ぼう》でこそげ落《お》としながら聞いた。

「なんで犬を助《たす》けたことを言っちゃいけないの？」

「大人《おとな》をあまり信用《しんよう》してないんだ」

「でも、ぼくたちいいことをしたんだよね？」

「そうだよ。でも、わかってもらえないかもしれないから、言わないほうがいいんだ。いい？」

「うん」

とうさんが帰ってきて、かあさんが「お昼ごはんよ！」とぼくたちを呼《よ》んだ。

テーブルの上には、詰《つ》め物《もの》をした手打《てう》ちパスタのスープ、ゆでたとり肉、果物《くだもの》のマスタードシロップ漬《づ》け、おばあちゃんが持《も》ってきてくれたリンゴのケーキ、それにヌガー菓子《がし》もあった。

とうさんが乾杯《かんぱい》をしようとすると、シルバーノもやりたがった。

「メリークリスマス！　みなさんに、それから……」

ぼくがにらむと、シルバーノは口をつぐんだ。

「それから、誰《だれ》に？」とうさんが聞いた。

「何でもない、何でもない」

シルバーノはうろたえ、みんなが笑《わら》っているあいだも、だまりこんでいた。

ぼくもお昼ごはんを食べながら、あの犬のことを考えていた。

――まだ、生きているかな……。

食べおわると、すぐにコートを着《き》てパオリーノの家に向《む》かった。彼《かれ》もぼくたちを待《ま》ちかねていて「行こう」と言った。

中庭《なかにわ》を横切《よこぎ》って小屋《こや》のドアの前で立ちどまり、外から耳をすませたが、何の音もしなかった。パオリーノが棒《ぼう》をはずし、そっとドアをあけた。

犬はまだそこにいた。前と同じように動《うご》かず、ひざかけから顔を出し、目はとじたままだった。

ぼくは犬の頭に手をおき、ひざかけをめくった。犬はかすかに息《いき》をしていた。弱々しかったけれど息《いき》をしていた。顔に耳を近づけると、苦《くる》しそうな小さい息《いき》づかいが聞こえた。

「おしっこした」シルバーノがぬれた毛布《もうふ》を指《ゆび》さした。

それから犬に近づき、耳元《みみもと》でささやいた。

「ワンちゃん、目をあけて。ミルクを持《も》ってきてあげるよ」

しかし、犬には何も聞こえていないようだった。それまでとまったく同じ体勢《たいせい》のまま横向《よこむ》きに寝《ね》ころがり、頭を前に投《な》げだしていた。でも、もう血《ち》はついていなかった。

「何か薬《くすり》を飲《の》ませて、注射《ちゅうしゃ》もうたないといけないよね」ぼくが言うと

「どうすればいいかは獣医《じゅうい》さんに聞いてみないとね」パオリーノが近づいてきてささやいた。

「誰《だれ》が助《たす》けてくれるかわかる？　それはロッセッラだよ。おじさんが獣《じゅうい》医なんだ。彼女《かのじょ》が言ったら来てくれるかもしれない」

それを聞いたシルバーノが声をあげた。

「誰《だれ》にも言わないんじゃなかったの！」

「でも、犬の命《いのち》が助《たす》かるかどうかが、かかっているんだ」パオリーノが答えた。

ロッセッラはぼくらの同級生《どうきゅうせい》で、町の中心の広場に住《す》んでいた。一階《かい》はお父さんのパン屋《や》だった。

ベルをならすと、ロッセッラ本人が窓《まど》のところに姿《すがた》をあらわした。

「どうしたの？」ぼくたちを見ると、少しおどろいたようすだった。

おりてくるように合図《あいず》をしたら、あっという間に来てくれたので、ぼくたちはことのすべてを話した。

「すぐに行くわ！　先にもどって私《わたし》たちを待《ま》っていて」

ロッセッラはその言葉《ことば》どおり、間もなく獣医《じゅうい》とやって来た。

小屋《こや》に入るとぼくたちは獣医《じゅうい》をかこみ、何をするのかだまって見ていた。ひざかけをめくり、足の一本にふれると、犬の体がピクッと動《うご》いた。それから頭を両手《りょうて》でつかみ、指《ゆび》で顔と首にさわった。そして他《ほか》の足も動《うご》かし、胸《むね》をおさえ、あえぐ呼吸《こきゅう》をよく聞いた。

獣医《じゅうい》はしばらくだまっていたが、やがて口をひらいた。

「骨《ほね》が折《お》れている。もし内出血《ないしゅっけつ》をしていたら夜はこせないだろう。こういった場合は終《お》わらせた方がいいんだ。猟師《りょうし》が使《つか》いものにならなくなった犬にするように」

「でも、ぼくたちは猟師《りょうし》じゃない！」すべてを理解《りかい》したシルバーノが叫《さけ》んだ。

「一瞬《いっしゅん》で苦《くる》しみから解放《かいほう》されるんだ」

獣医《じゅうい》は言い、もう一度《ど》ひざかけをめくって犬を見た。

「いいグリフォン猟犬《りょうけん》だ。かしこい犬だ」

そして、ぼくたちの方を向《む》いた。

「猟場管理人《りょうばかんりにん》に報告《ほうこく》してもいいかな。全部《ぜんぶ》やってくれる」

ぼくたちはおどろいて顔を見合わせた。

最初《さいしょ》に口をひらいたのはぼくだった。

「いやです」

するとパオリーノが加勢《かせい》した。

「ぼくたちはこの犬を救《すく》いたいんです。殺《ころ》したくなんかありません!」

「かわいそうに……」

ロッセッラはつぶやき、ゆりかごの赤ちゃんにするように、ひざかけを犬の首の下で折《お》りかえした。

「獣医《じゅうい》さんは犬が死《し》ぬって言ったの?」シルバーノがぼくの手を強くにぎった。

獣医《じゅうい》は続《つづ》けた。

「君《きみ》たちの気持《きも》ちはわかるけれど、よく考えないといけないよ。たとえ命《いのち》をとりとめたとしても、一生足の不自由《ふじゆう》な役立《やくた》たずの犬になる。それは犬にとって、つらいことなんだ」

獣医《じゅうい》が出ていくとき、ロッセッラがこう言っているのが聞こえた。

「やらせてあげて、おじさん。みんなはあの犬を助《たす》けたのよ。殺《ころ》したくなんかないわ」

中庭《なかにわ》で、パオリーノのお父さんとお母さんに出会った。何が起《お》きているのかを知ると、二人も犬を見にきて、首を横《よこ》にふった。

「昏睡状態《こんすいじょうたい》だな」お父さんがつぶやいた。

どこで犬を見つけたのか聞かれたので、ぼくはすべてを話した。

パオリーノはミルクがいっぱい入ったお皿《さら》を家から持《も》ってくると、犬の顔のそばにおき、においをかがせていた。

しかし、犬は死《し》んでいるように横《よこ》たわったまま、苦《くる》しそうに呼吸《こきゅう》をしていた。

心の中の深《ふか》い悲《かな》しみとともに、ぼくたちは静《しず》かに家へ帰った。

4　夢《ゆめ》

あの夜はなかなか眠《ねむ》れず、ベッドの中で何度《なんど》も寝返《ねがえ》りをうっていた。しばらくして、ようやく眠《ねむ》りにつくと不思議《ふしぎ》な夢《ゆめ》を見た。

夢《ゆめ》の中で、ぼくは小さな子どもになったり、子犬になったりしていた。小さな子どもがするように手で物《もの》をつかんでいたが、それらを区別《くべつ》して覚《おぼ》えておくために、においもかいでいた。犬がするように、すべてのにおいをかいでいた。四本足で歩き、話したりほえたりしていた。

ぼくのベッドとそっくりな、寝心地《ねごこち》のいいベッドがあったけれど、そこでは寝《ね》たくなかった。かあさんがいないとき、ぼくはベッドからぬけだして部屋《へや》のすみに急《いそ》いだ。そこには、わらの入った箱《はこ》があった。ぼくはわらの香《かお》りが好《す》きだったから、箱《はこ》の中で丸くなって眠《ねむ》り、聞こえてくる音に耳をすませ、鼻先《はなさき》にとどくにおいをかぎ分けていた。

遠くで他《ほか》の犬がほえ、ぼくを呼《よ》んでいるのが聞こえてくると、その犬が何を言っているのかわかった。美《うつく》しい夜だから一緒《いっしょ》に遊《あそ》ぼうと言っていたのだ。そこで、ぼくは犬の寝床《ねどこ》からとびだし、部屋《へや》から出ようとしたけれど、どのドアもしまっているようだった。でも、もう一度《いちど》よく確《たし》かめてみると、半開《はんびら》きのドアを見つけたので、あけて外に出た。

本当に素晴《すば》らしい夜だった。空のちょうど真ん中《まなか》には月がかがやき、その周《まわ》りでは星が光り、たくさんの草や花の香《かお》りが空中にただよっていた。ぼくはあらゆるもののにおいをかぎ、一つ一つを確認《かくにん》しながら、遠くでぼくを呼《よ》ぶ犬の声の方へ向《む》かっていった。

歩いて歩いて農家《のうか》にたどり着《つ》くと、長いくさりにつながれた小さなメス犬が、さびしくてないていた。ぼくを見るとなくのをやめ、一緒《いっしょ》に遊《あそ》ぼうとさそった。それから玄関《げんかん》ポーチではねたり走ったり……なんて楽しいのだろう！

ぼくたちが楽しそうにしていると、突然《とつぜん》目の前に黒い影《かげ》があらわれ、ぼくを両手《りょうて》でつかみ袋《ふくろ》に押《お》しこんだ。男はぼくを家まで連《つ》れていき、くさりにしばりつけたものだから、ぼくはずっとそこにいなければならなかった。

ある日、猟師《りょうし》であるその男は、ぼくをいなかに連《つ》れていき、やるべきことを教えた。男が棒《ぼう》を投《な》げると走って取《と》りにいき、わたさなければならなかった。また、ぼくはすべてのにおいをかぎ分けた。そして、野ウサギ、ウズラ、キジのにおいをかぎつけたら、撃《う》ち殺《ころ》せるように、おびきださなければならなかった。

ぼくは教えられたとおりにしていたけれど、野ウサギが殺《ころ》されてしまうのはかわいそうだったから、においを感《かん》じないふり、見ないふりをした。すると男はひどくおこって何度《なんど》もなぐった。それから男は、ぼくをトラックにのせて遠くへ連《つ》れていき、トラックがスピードを出しているときに窓《まど》から投《な》げ捨《す》てた。まるで飛《と》んでいるような気分だった。そして、突然《とつぜん》大きな衝《しょう》撃《げき》を感《かん》じ、すべてが消《き》えた。

ぼくはベッドから落《お》ちて子どもにもどっていた。すぐにあの傷《きず》ついた犬のことを思い出した。起《お》きてパオリーノのところに行きたかったけれど、まだ夜だったのでベッドにもどり、おかしな夢《ゆめ》について考えていた。ぼくのとなりでは、シルバーノが小さなベッドですやすや眠《ねむ》っていた。

雨戸《あまど》をあけると外はまだ暗《くら》く、空は雲でおおわれていて、満月《まんげつ》さえも見えなかった。遠くでかすかな光が世界《せかい》をてらしはじめていた。夜明《よあ》けだった。ぼくは心をうばわれ、じっと見つめた。地平線《ちへいせん》は少しずつ光をはなち、だんだんと明るくなり、ある時点《じてん》でピンク色になった。

空が光りかがやいた。それまで灰色《はいいろ》だった雲さえも、桃色《ももいろ》がかった黄色になり、ピンク、紫《むらさき》に変《か》わると、最後《さいご》は真《ま》っ白《しろ》になった。空全体《そらぜんたい》が光で満《み》たされたとき、朝一番のミサの鐘《かね》がなった。

いくつかの窓《まど》に明かりがともり、最初《さいしょ》の足音が聞こえた。

いくつかの煙突《えんとつ》が煙《けむり》の糸をふき出しはじめ、それらが屋根《やね》の上を飛《と》んでいた。

太陽《たいよう》がのぼると、ぼくは犬のことが気になり八時に起《お》きあがった。シルバーノはまだ眠《ねむ》っていた。

かあさんはもう起《お》きていて、ぼくに聞いた。

「犬を見にパオリーノのところへ行くの？」

「誰《だれ》がかあさんに言ったの？」

「みんな知っているわ」

ぼくは思った。

——まあ、その方がいいか……。

パオリーノはまだベッドにいたけれど、ぼくが下で待《ま》っていると、顔も洗《あら》わずすぐにおりてきて「行こう」と言った。

ぼくたちは小屋《こや》の前で足をとめた。生きている証《あかし》の音が聞こえることを期待《きたい》し、耳をすませた。犬がすでに立って、外に出ようとドアを引っかいているといいなと思った。しかし、犬は動《うご》かず、前の晩《ばん》と同じ体勢《たいせい》で横《よこ》たわっていた。お皿《さら》の中のミルクも、いっぱい入ったままだった。

ぼくたちには犬に近づく勇気《ゆうき》がなかった。心臓《しんぞう》が、まだ動《うご》いているのか確《たし》かめる勇気《ゆうき》がなかったのだ。

ひざかけをめくり犬のお腹《なか》を見た。呼吸《こきゅう》をしていた！

「生きている！」

ぼくは大急《おおいそ》ぎで家まで走った。

シルバーノを起《お》こし、耳元《みみもと》で叫《さけ》んだ。

「生きている！」

シルバーノは目をこすり、思い出そうとした。

「えっと……」

「そうなんだ。生きているんだ！」ぼくはくりかえした。

「それなら……獣医《じゅうい》さんはウソをついたんだね！」

ぼくたちは五分後にはもうそこにいた。

犬の周《まわ》りには、ロッセッラとパオリーノのお父さんやお母さんもいて、ぼくたちと同じようにうれしそうだった。

5　シフト

クリスマスの翌日《よくじつ》、聖《せい》ステファノの祝日《しゅくじつ》は、犬がまだ生きているというよい知らせに加《くわ》え、天はぼくたちに雪のおくり物《もの》をとどけてくれた。

午前中にひらひらと舞《ま》いはじめた雪のつぶは、どんどん大きくなっていった。雪はまるで、たくさんの白い蝶《ちょう》が飛《と》びまわっているように、中庭《なかにわ》も、空も、道も、すべてをあっという間におおいつくした。

シルバーノは中庭《なかにわ》の真《ま》ん中で両足《りょうあし》をひろげ、空を見あげながら立ちつくし、口を大きくあけた。

「雪を食べるぞ！」

正午にはすでに十センチも積《つ》もっていた。子どもたちがおたがいを呼《よ》びあったり、走ったり、雪合戦《ゆきがっせん》をしたり、雪の中に大の字になってとびこんだりしている声が聞こえた。

午後になるとさらに大雪になった。とうさんが家の前の雪かきをするために、ぼくを呼《よ》んだ。誰《だれ》もが通りの雪をとりのぞくのにいそがしかったけれど、それはむだな努力《どりょく》だった。しばらくすると、またはじめからやりなおさなければならなかったからだ。

大人《おとな》たちが空を見あげて言った。

「このまま一晩中《ひとばんじゅう》降《ふ》りつづいたら、明日には一メートルは積《つ》もっているな！」

ひと休みして、中庭《なかにわ》の小屋《こや》の前で、やはり雪かきをしているパオリーノのところに行った。

「きっと犬も寒《さむ》いだろうね。何かできることはないかな？」

ぼくが聞くと、パオリーノが言った。

「ドアのすきまをふさいで、窓《まど》にもかぶせられる古い麻《あさ》の袋《ふくろ》を見つけたんだ。手伝《てつだ》ってくれる？」

しばらくして作業《さぎょう》は終《お》わったけれど、夜の寒《さむ》さから犬を守《まも》るには十分でないように思えたから、ぼくは

「そうだ、家に古い毛糸《けいと》の毛布《もうふ》があったんだ」と言って家に取《と》りに帰り、もどってくると、その毛布《もうふ》をひざかけの上におおいかぶせた。

パオリーノが言った。

「犬を家の中に移《うつ》そうかと思ったんだ。でも、ここから動《うご》かすのは危険《きけん》なような気がしてさ。何か温《あたた》めるものを持《も》ってこないといけないかもね」

ロッセッラとシルバーノがやって来ると、みんなで話し合った。パオリーノは、小屋《こや》には煙《えん》突《とつ》がないから薪《まき》ストーブはおけないと言った。それどころか薪《まき》ストーブさえもなかった。火鉢《ひばち》を小屋《ごや》に持《も》ちこむのは危険《きけん》だった。なぜなら、犬が起《お》きあがって動《うご》きまわりだしたら、毛布《もうふ》が燃《も》えて火事《かじ》になるかもしれないからだ。

ロッセッラが提案《ていあん》した。

「湯《ゆ》たんぽを持《も》ってきたらどうかしら？　毛布《もうふ》の下の心臓《しんぞう》の近く、ここにおくの。温《ぬく》もりは、少なくとも二時間は続《つづ》くのよ」

ぼくたちはこのアイデアを素晴《すば》らしいと思い、すぐに実行《じっこう》した。パオリーノが家に行き、湯《ゆ》たんぽにお湯《ゆ》を入れ、毛布《もうふ》とひざかけのあいだに寝《ね》ている犬の近くにおいた。やがて、犬の周《まわ》りがうまい具合《ぐあい》に温《あたた》かくなった。その温《ぬく》もりはしばらく続《つづ》いた。

「もう一つあるから、それにもお湯《ゆ》を入れてこようか？」

パオリーノが聞くと、シルバーノが言った。

「ぼくも持《も》っているよ。お腹《なか》が痛《いた》いときに、かあさんがのせてくれるんだ」

ロッセッラがまた提案《ていあん》した。

「ねえシフトを組まない？　二時間おきに温《あたた》かい湯《ゆ》たんぽを持《も》ってきて、冷《さ》めたのと取《と》りかえるの」

ぼくが聞いた。

「今夜も？」

「いいでしょう？」

ロッセッラが問《と》いかえしたので、ぼくはこう言った。

「うん、ぼくは賛成《さんせい》。パオリーノが中庭《なかにわ》の小さなドアをあけておいてくれたら、目覚《めざ》まし時計をセットして、ぼくのシフトをやるよ」

パオリーノが言った。

「もちろんさ！　やれるね。ドアの近くの壁《かべ》に穴《あな》があるから、そこに懐中電灯《かいちゅうでんとう》をおいておくよ」

こうして、ぼくたちはシフトを組むことになった。シルバーノも一人でシフトに入ることを希望《きぼう》した。

「夜、雪の中でこわくないの？」

ぼくが聞くと、シルバーノはえらそうに答えた。

「ぼく、こわくないもん！」

「ほんとうに自信《じしん》ある？」

「うん」

「もし目を覚《さ》まさなくて、犬が寒《さむ》さで死んでしまったらどうする？」

シルバーノの決心《けっしん》は固《かた》かった。

「起《お》きるよ。大丈夫《だいじょうぶ》。ぼくも目覚《めざ》まし持《も》ってるし！」

シフトの取《と》り決《き》めは、二時間ごとに一人が湯《ゆ》たんぽを持《も》ってきて毛布《もうふ》の下におき、犬のようすを確認《かくにん》する、というものだった。みんな湯《ゆ》たんぽを二つ持《も》っていたので、交換《こうかん》には問題《もんだい》なかった。シルバーノが夜の十時からスタートして、ぼくがそのあと深夜《しんや》〇時、パオリーノは午前二時で、ロッセッラが午前四時、そしてまたシルバーノにもどって午前六時、ということになった。

午後十時、かあさんが一緒《いっしょ》に行こうとしたけれど、シルバーノは一人で行きたがった。湯《ゆ》たんぽに熱湯《ねっとう》を入れ、やけどをしたりお湯《ゆ》が冷《さ》めたりしないように布切《ぬのき》れで包《つつ》んだ。

シルバーノはコートを着こみ、出かけていった。

「まだ雪が降《ふ》っているわ」かあさんが寝室《しんしつ》から見守《みまも》りながら言った。

ぼくは目覚《めざ》まし時計を深夜《しんや》〇時にセットしてふとんにもぐりこみ、シルバーノのことを考えながら眠《ねむ》りに落《お》ちた。

アラームがなったとき、シルバーノはベッドですやすや眠《ねむ》っていた。ぼくは起《お》きあがり、湯《ゆ》たんぽにお湯《ゆ》を入れて出発《しゅっぱつ》した。

まだふわふわと舞《ま》っていた雪は、街灯《がいとう》の明かりの下できらきらかがやいていた。

あたり一面《いちめん》シーンと静《しず》けさにつつまれ、ぼくの登山靴《とざんぐつ》さえ雪の上で音を立てることはなかった。鐘《かね》つき塔《とう》の鐘《かね》の音が、かすかに聞こえていた。

門は半開《はんびら》きで、壁《かべ》の穴《あな》には懐中電灯《かいちゅうでんとう》があった。スイッチをつけて小屋《ごや》の方へ歩きだした。シルバーノの足跡《あしあと》は、新しく降《ふ》った雪にほとんど消《け》されてしまい、うっすらとしか見えなかった。

小屋《こや》のドアを押《お》しあけ、後ろに手をまわしてしめた。毛布《もうふ》から出ている犬の顔を懐中電灯《かいちゅうでんとう》でてらし、毛布《もうふ》の下の湯《ゆ》たんぽを探《さが》した。湯《ゆ》たんぽにはまだ温《ぬく》もりが残《のこ》っていた。毛布《もうふ》二枚《まい》のあいだに持ってきた温《あたた》かい湯《ゆ》たんぽを差《さ》しこみ、犬の鼻《はな》に顔を近づけた。犬は目をとじ、いつもの体勢《たいせい》のまま静《しず》かに呼吸《こきゅう》をしていた。犬の頭に手をおき、長いあいだそのままでいた。こうすることで、ぼくの体温《たいおん》が少しだけ犬に伝《つた》わっているような気がしていた。

家に帰り、目覚《めざ》まし時計を午前六時にセットした。それは、シルバーノの二回目のシフトの時間だった。

そして、毛布《もうふ》にもぐりこんだ。

6　チェルビーノ山

つぎの日も雪が降《ふ》った。

通りや庭先《にわさき》では、子どもたちが楽しそうに雪だるまを作ったり、アメリカの先住民族《せんじゅうみんぞく》の砦《とりで》のようなものを作ったりしていた。そして、彼《かれ》らを農地《のうち》から追いだそうとする者たちとの戦《たたか》いの場面《ばめん》を思《おも》いえがいていた。

犬は動《うご》かないままだった。でも生きていた。「犬の命《いのち》が救《すく》われる」という願《ねが》いは、ますます大きくなっていた。犬のそばにはいつもぼくたちの誰《だれ》かがいて、見守《みまも》り、湯《ゆ》たんぽを取《と》りかえ、何か変化《へんか》があった場合は知らせていた。

でも、ぼくたちは遊《あそ》ぶことも決《けっ》して忘《わす》れはしなかった。パオリーノの家にはとても広い中庭《なかにわ》があり、そこで遊《あそ》びを考えだした。

まず、シャベルやスコップを使《つか》い、周《まわ》りの道を通れるようにした。雪は中庭《なかにわ》のすみにあるイチジクの木の下に積《つ》みあげた。その大きな雪の山を見て、突然《とつぜん》パオリーノが思いついた。

「ねえ、チェルビーノ山を作ろうよ！」

ふたたび雪を積《つ》みあげると、山はもっと大きくなり、しだいに自分たちよりも高くなっていった。ときどき誰《だれ》かが上に登《のぼ》り、雪をふみしめたり、シャベルでたたいたりして岩のように固《かた》め、土台が固《かた》くなったら「それっ！」と、さらに高く雪をほうりあげていった。

いつのまにか頂上《ちょうじょう》は、葉《は》の落《お》ちたイチジクの木の一番低《ひく》い枝《えだ》ぐらいの高さになっていた。ぼくたちはバランスをくずさないように、その枝《えだ》につかまった。横《よこ》には登るための段差《だんさ》もつけた。頂上《ちょうじょう》には、ちょっとした平《たい》らな場所《ばしょ》を作り、一度《いちど》に二人は登《のぼ》れないので、一人ずつ登《のぼ》った。

ぼくたちは高い所《ところ》から下に見える平野《へいや》を想像《そうぞう》した。平野《へいや》には湖《みずうみ》、道路《どうろ》、街《まち》があった。想《そう》像《ぞう》することは楽しかった。

そして頂上《ちょうじょう》に登《のぼ》り
「ぼくはスキーヤーだ！」と叫《さけ》んだ。

「あれ、でもゲレンデがないな？」

そこで、ぼくたちはシャベルで山をならし、頂上《ちょうじょう》から中庭《なかにわ》の端《はし》まで下《くだ》るゲレンデを作りはじめた。柄《え》の曲《ま》がったシャベルは大きく、重《おも》すぎて誰《だれ》も使《つか》っていないものだった。雪を十分に固《かた》めるために、シャベルの上に一人がのり、他の人は柄《え》を引っぱった。シャベルは、両足《りょうあし》をそろえて立つのにちょうどピッタリの幅《はば》だった。シャベルの上でひざを曲《ま》げ、前かがみになって柄《え》をにぎると、ダウンヒルスキーの体勢《たいせい》になった。少しずつふみしめられた雪は氷《こおり》のように固《かた》くなり、しだいにシャベルはすべりだした。

それから、ぼくたちは順番《じゅんばん》にシャベルでスキーをはじめた。頂上《ちょうじょう》にシャベルをセットして、かがんで柄《え》をつかみ、おたがいに押《お》しあってスタートした。はじめのうちは数メートルで止まってしまったけれど、だんだんとすべるようになり、中庭《なかにわ》のすみにあった雪のかたまりにぶつかるまで止まらなくなった。

何度《なんど》か失敗《しっぱい》をくりかえしたあとで、ぼくが速《はや》いスピードですべりおりていると大きな声が聞こえた。

それは、小屋《こや》のドアからのシルバーノの声だった。

「来て！　犬が目をあけたよ！」

その叫《さけ》び声《ごえ》でぼくたちは遊《あそ》びを中断《ちゅうだん》し、小屋《こや》へ向《む》かった。

犬は、今までとまるっきり変《か》わっていないように見えた。でもシルバーノは「こうやったんだ」と目を大きくひらき、自分が見たものを説明《せつめい》しようとした。

「ただの想像《そうぞう》でしょ」ぼくたちは言ったけれど

「ちがうよ、ほんとうにやったんだ。片目《かため》をあけたんだよ、あの目を！」

シルバーノは言いはり、犬の片目《かため》を指《ゆび》さした。

ぼくとパオリーノは同時に犬の頭に手をおいた。その瞬間《しゅんかん》、犬は本当に目を、それも両方《りょうほう》の目をあけ、ぼくたちを見つめた。

「でしょ？」シルバーノがささやいた。すると、沈黙《ちんもく》が訪《おとず》れた。

ぼくたち二人は興奮《こうふん》のあまり言葉《ことば》を発《はっ》することも、犬の頭にのせた手を、おろすことさえもできないでいた。突然《とつぜん》その手が動《うご》きを感《かん》じた。犬が頭を動《うご》かそうとしていたのだ。犬は、うめき声とはちがう不思議《ふしぎ》な音をたてていた。それは、はじめての生きている証《あかし》だった。

シルバーノはロッセッラに伝《つた》えるため、ロケットのようにとんで出ていった。パオリーノがお父さんとお母さんにも知らせると、みんなはすぐに集《あつ》まり、ぼくらの犬を取《と》りかこんだ。犬はとろけるようなこげ茶色の目でぼくたちを見つめ、かすかにないていた。

「なんて言っているの？」

シルバーノが耳元《みみもと》で、やさしく犬に問《と》いかけた。

7　ミルクがなくなっている

雪がやむと、ますます寒《さむ》くなった。

ぼくたちのゲレンデは凍《こお》りつき、中庭《なかにわ》まですべりおりるには、もうすべりだすだけでよかった。

その夜も、ぼくたちは湯《ゆ》たんぽのシフトをやった。すると明くる朝、なんとミルクを入れていたお皿《さら》が空《から》になっていた！　犬が飲《の》み干《ほ》していたのだ。

「お腹《なか》がすくってことは、元気になるっていうことだよね」パオリーノが言った。

ぼくたちは犬が横《よこ》になったまま、どうやってミルクを飲《の》んだのか不思議《ふしぎ》に思った。

「やってみよう」ぼくはミルクでいっぱいの小鍋《こなべ》を犬の顔の近くにおいた。

頭をなでて話しかけると、犬はぼくたちの言葉《ことば》に耳をすませた。うめくのをやめ、一人一人に目を向《む》け、じっと見つめた。そして急《きゅう》に首をのばすと、小鍋《こなべ》のすぐ横《よこ》に顔を近づけた。

ぼくはシルバーノにささやいた。

「さあ、哺乳瓶《ほにゅうびん》なしでどうやってミルクを飲《の》むのか、今から見せてくれるよ」

ぼくが言いおえると犬は口を少しあけ、ピンク色の長い舌《した》を出し、その先をミルクへとのばした。それからミルクをなめはじめた。ゆっくりゆっくり、一滴一滴《いってきいってき》、舌《した》を出したり、引っこめたりしながら……。

ミルクを数滴《すうてき》ずつすする一つ一つの動《うご》きを見て、シルバーノが笑《わら》った。

「手伝《てつだ》おう」ぼくが犬を痛《いた》くしないように、やさしく手を頭の下にとおして少し持《も》ちあげると、パオリーノは小鍋《こなべ》を犬の顔に近づけた。

「ぼくも！　ぼくも！」シルバーノもやりたがったので、パオリーノが小鍋《こなべ》をわたした。

それからずっと楽に飲《の》めるようになり、数回なめると小鍋《こなべ》はすぐに空《から》になっていた。

「お腹《なか》がすいているんだね！」ぼくが言うと

「いい兆候《ちょうこう》だ」パオリーノがつけ加《くわ》えた。

「ぼくがもっとミルクを持《も》ってくる！」シルバーノはスキップして出ていった。

ぼくが犬の頭を毛布《もうふ》にのせると、犬はぼくに身《み》をまかせた。それはまさに、母親に看病《かんびょう》される病気《びょうき》の子どものようだった。犬はあくびをして、たくさんの真《ま》っ白い歯《は》を見せてくれた。

シルバーノがもどり、ぼくたちはミルク作戦《さくせん》をくりかえした。小鍋《こなべ》にミルクを少し注《そそ》いで頭を持《も》ちあげると、犬はゆっくりとなめ味《あじ》わった。犬はすべて飲《の》み干《ほ》すと、おかわりをして、また少し飲《の》んだ。それから頭をおろし、目をとじて休み、やがて静《しず》かに眠《ねむ》った。

犬はこれまでとはちがって見えた。以前《いぜん》は死《し》んでいるように意識《いしき》を失《うしな》っていたが、今《いま》や呼《こ》吸《きゅう》は安定《あんてい》し、顔も生き生きとしていた。犬は眠《ねむ》りながら唇《くちびる》をピクピク動《うご》かしたり、ときどき片方《かたほう》の耳をピンと立てたり、あくびをしたりしていた。シルバーノが「ワンちゃん！」と呼《よ》びかけてみると、一瞬《いっしゅん》目をあけ、またとじた。犬には聞こえていた。だから答えてくれたのだ。

ぼくたちは犬を休ませてスキーを再開《さいかい》した。ぼくらの喜《よろこ》びはすでに二倍《ばい》になっていた。

ロッセッラがやって来たので起《お》こったことすべてを話すと、すぐに犬を見にいき、それからスキーをした。ロッセッラは上手《じょうず》だった。集中《しゅうちゅう》して両手《りょうて》で柄《え》をつかみ、前を見つめ、雪に足を取《と》られることなく氷《こおり》のゲレンデをすべりおりた。それにひきかえシルバーノは、いつもコースからはずれ、凍《こお》った雪の上をころがっていた。一度《いちど》コースアウトしてシャベルが雪にはまり、ほうり出され、小屋《こや》のドアに激《はげ》しくぶつかったことがあった。

「ああ、犬をこわがらせちゃった！」

シルバーノは毛糸《けいと》の帽子《ぼうし》に手を入れ、おでこをさすった。

そして、小屋《こや》へ見にいった。

「まだ寝《ね》ているよ」

「ああ、よかった！」

ぼくたちはまた遊《あそ》びはじめた。

8　わらのベッド

つぎの日、犬が毛布《もうふ》をはいで体の向《む》きを変《か》えたという新たな知らせが舞《ま》いこんだ。もはや犬はずっと横向《よこむ》きで眠《ねむ》るのではなく、うつぶせになったり、横向《よこむ》きになったり、しばらく寝返《ねがえ》りをくりかえしていた。犬は頭を前足にのせていたけれど、そのうち左の一本は折《お》れているのが見えていた。大きな声で「おはよう！」とあいさつして小屋《こや》に入ると、犬はぼくたちの方に顔を向《む》け「ワン」とないた。

「返事《へんじ》をしてくれたよ！」シルバーノが歓声《かんせい》をあげた。

ロッセッラは犬に近づいて声をかけた。

「どうして毛布《もうふ》をはいだの？　こんなに寒《さむ》いのがわからないの？　今、私《わたし》がちゃんとなおしてあげるからいい子にしていてね。毛布《もうふ》から出ないで眠《ねむ》りなさい。そして、なおったら遊《あそ》びにきてもいいわよ。私《わたし》たちと一緒《いっしょ》に、雪の上でね……」

ロッセッラは犬に話しかけながら毛布《もうふ》をめくり……

「ほら！　しっぽをふっている！　喜《よろこ》んでいるのよ！」と大きな声をあげた。

実《じつ》のところ、犬は残《のこ》されたしっぽの一部《ぶ》をふっていた。猟犬《りょうけん》は、しっぽが茂《しげ》みにぶつかる音で獲物《えもの》をとり逃《に》がさないように、飼《か》い主《ぬし》の猟師《りょうし》にしっぽを切《き》り落《お》とされるのだ。

犬はほめられるたびにしっぽをふったので、犬が何を好《この》み、何がきらいなのかがわかった。頭をなでると「いいね、好《す》きだよ」と言わんばかりにしっぽをふり、逆《ぎゃく》に折《お》れた足にさわろうものなら痛《いた》がって「キャン」とないた。

また、犬は首のところまで毛布《もうふ》をかけられるのをいやがった。犬をこわがらせたのかもしれない。そこで、上半身《じょうはんしん》は毛布《もうふ》から出しておくことにした。

午後になると、ロッセッラが獣医《じゅうい》のおじさんともどってきた。

「おじさんはまちがえたのよ。犬は死《し》ななかったわ。しっぽもふっているでしょ」

シルバーノも言った。

「ミルクもなめたよ。それもぜんぶ。おかわりもしたんだ」

獣医《じゅうい》は毛布《もうふ》をめくった。

「犬には毛皮《けがわ》があるから毛布《もうふ》は必要《ひつよう》ないな。部屋《へや》のすみに気持《きも》ちのいいわらのベッドを用意《ようい》すれば、もっと喜《よろこ》ぶだろうよ」

それから診察《しんさつ》がはじまった。頭、足、お腹《なか》をさわり、目を見て、皮膚《ひふ》をつまんだ。

「熱《ねつ》はもうない。いや、あっても少しだけだな。でも、ひどいありさまだ。かわいそうなやつだ。二本の足と、肋骨《ろっこつ》も何本か折《お》れている。体の内部《ないぶ》に大きな傷《きず》がなければ、なんとか持《も》ちなおせるだろうが、この犬はずっと足を引きずり、みにくいままだ。それに、この種類《しゅるい》の犬が持《も》つべきスピードや、猟犬《りょうけん》になくてはならない能力《のうりょく》さえも、すべて失《うしな》ったままになるだろう」

「でも、私《わたし》たちとは狩《か》りに行く必要《ひつよう》がないのよ」

すると獣医《じゅうい》はおどろいた。

「君《きみ》たち、本当にこの犬を飼《か》いたいの？」

ロッセッラが答えた。

「もし、この犬がよければね……」

そして、みんなに聞いた。

「私《わたし》たち、この犬を飼《か》うわよね？」

ぼくが

「ぼくたちが助《たす》けたんだから、ぼくたちで飼《か》いたい」と言うと

パオリーノが

「友《とも》だちみたいにね」とつけ加《くわ》えた。

シルバーノも

「ぼくがいつもミルクを持《も》ってくる」と言い、ぼくたちは獣医《じゅうい》に覚悟《かくご》を伝《つた》えた。

しかし獣医《じゅうい》はとまどいながら、ぼくたち一人一人の顔を見た。

「みんな、犬を飼《か》いたいのなら、かわいい子犬を連《つ》れてくることができるよ。こいつ、かわいそうに。命《いのち》はすでにつきている。もう何の役《やく》にも立たない」

「おじさん、聞いて」ロッセッラがさえぎった。

「犬がよくなるために、今すぐに何をしなければいけないのか教えてちょうだい。薬《くすり》のことかね。あとは私《わたし》たちが決《き》める」

獣医《じゅうい》はもう意見《いけん》を押《お》しつけることはせず、折《お》れた骨《ほね》をくっつけるため、足にそえ木をあてなければならないと教えてくれた。

ぼくたちが古い布切《ぬのき》れを用意《ようい》すると、獣医《じゅうい》は包帯《ほうたい》のように切り、骨折《こっせつ》した二本の足を固《かた》くしばった。犬は痛《いた》みを感《かん》じながらも、まるですべてを理解《りかい》しているように、いやがることなく身《み》をまかせた。

獣医《じゅうい》が帰ったあと、ぼくたちはわらを探《さが》しにいった。幸《さいわ》い近所《きんじょ》の軒下《のきした》にあるものを分けてもらうことができたので、そのわらでベッドを作り、犬を寝《ね》かせた。

ふたたび、犬の背中《せなか》にひざかけをおおいかぶせた。外はもうすっかり日が暮《く》れ、寒《さむ》くなっていたからだ。

9　あけましておめでとう！

日々、犬は少しずつ回復《かいふく》していった。

朝になってようすを見に行くと、犬はいつもひざかけをはぎ、わらの中で丸くなっていた。でも、ぼくたちがドアをあけるやいなや顔をあげ、あちこちに目を向《む》けると、こちらをじっと見つめた。

また、きつく巻《ま》かれた包帯《ほうたい》を歯《は》ではがそうとしていた。二本の足を曲《ま》げられなかったので、犬は包帯《ほうたい》にうんざりしていたにちがいない。

「わかったよ」パオリーノが言った。

「包帯《ほうたい》をしたくないんだろ。でもなおるまでは、このままにしておかないといけないんだ」

すると、まるで言葉《ことば》を理解《りかい》しているように、包帯《ほうたい》をはがすのをやめた。

犬は、ますます食べるようになっていた。ミルクの入った小鍋《こなべ》はあっという間に空《から》になっていたので、シルバーノはたっぷりと注《そそ》いでいた。すでに犬は、ちぎったパンをミルクにひたしたもの、ビスケット、さらに焼《や》いた肉のかけらさえも食べるようになっていた。

テーブルには、いつもぼくらの犬のために残《のこ》り物《もの》を入れるお皿《さら》があった。

ときどきかあさんは
「ちょっと残《のこ》り物《もの》が多すぎやしない?」と言っていた。

大晦日《おおみそか》の夕食のとき、シルバーノが残《のこ》り物《もの》ではなく、ステーキやリゾット、それにケーキなど、もっとおいしいものを犬のためにも用意《ようい》したいと言いだした。

夕食後、パオリーノが新年の乾杯《かんぱい》に、ぼくたち家族を招待《しょうたい》するためにやって来た。そこで、犬用のバスケットを持《も》って、ぼく、シルバーノ、かあさん、とうさん、それからおばあちゃんもみんなで出かけた。

深夜《しんや》〇時、みんなで新年に乾杯《かんぱい》をした。外では、去《さ》りゆく年へのお別《わか》れの意味《いみ》で打《う》ちあげられる、爆竹《ばくちく》や祝砲《しゅくほう》の音がひびきわたっていた。

そのとき、パオリーノがシーっと指《ゆび》を立て、合図《あいず》をした。

「聞こえない?　犬がほえている」

ぼくたちは中庭《なかにわ》に出たが何も聞こえなかった。でもしばらくして、また大きな音がなりひびくと犬がほえた。

「この音で何かを思い出しているんだ」とうさんが言った。

「狩《か》り？」ぼくが聞くと

「たぶんね」とうさんが答えた。

まるで応接間《おうせつま》のように、ぼくたちがいつもきれいにしている小屋《こや》に入ると、犬はうれしそうにむかえてくれた。しっぽをふり、喜《よろこ》びにあふれてほえ、自分の力で立ちあがろうとし、ぼくたちの手をなめた。

シルバーノが犬へのプレゼントの入ったバスケットを取《と》りにいくと、おいしいにおいを鼻《はな》ですぐに感《かん》じとり、耳を立て、片足《かたあし》で立ちあがろうともがいた。シルバーノが肉を一切れあげると、犬は喜《よろこ》びで全身《ぜんしん》をふるわせ、かまずに一気に飲《の》みこんだ。犬はステーキ、リゾット、そのうえケーキもたいらげると、床《ゆか》に落《お》ちたものまできれいになめた。

ぼくたちは幸《しあわ》せな気持《きも》ちで家に帰った。傷《きず》ついた犬は、ぼくら子どもたちだけでなく、家《か》族《ぞく》をも一つにしてくれた。親たちは、犬の責任《せきにん》はぼくらがすべて持たなければならないということを、ていねいに説明《せつめい》した。犬はぼくらのものだから、自分たちであらゆる世話《せわ》をして、決《けつ》断《だん》を下《くだ》さなければならないのだ。ぼくたちはこれが気に入っていた。自分たちで決《き》められることがいいなと思った。つまり、この犬はもうぼくらの仲間《なかま》であり、ぼくたちは犬を愛《あい》していた。

まだ便器《べんき》でうんちができない小さな子どもの世話《せわ》をするように、犬がすべて自分でできるようになるのを待《ま》ちながら、ぼくたちは犬の寝床《ねどこ》をきれいにした。

でも、それはいったい、いつになるのだろう?

起《お》きあがることもできない弱々しい犬を見て、残念《ざんねん》に思うこともあったけれど、ぼくたちは確信《かくしん》していた。いつの日かきっと、この犬が困難《こんなん》をのりこえるということを。

10 猟《りょう》場《ば》管《かん》理《り》人《にん》

ある朝、ひとりの男がぼくの家をノックした。猟《りょう》場《ば》管《かん》理《り》人《にん》だった。彼《かれ》は、ぼくたちがけがをした犬をひろったと聞いて、その犬をいつ、どのようにして見つけ、今はどこにいるのか知りたいと言った。

そこで、ぼくとシルバーノは今までのことを全部《ぜんぶ》話し、犬に会わせるためにパオリーノの家に連《つ》れていった。

犬は、ぼくたちがいつもミルクを持《も》ってきたときのように、うれしそうにしっぽをふってほえていたので、ぼくはかがんで犬をなで、話しかけた。

「いい子にするんだ。まだごはんには早いぞ。その前に君《きみ》に会いたい人が訪《たず》ねてきているんだ」

猟《りょう》場《ば》管《かん》理《り》人《にん》はしばらく犬をじろじろ見つめ、こう言った。

「こいつは優《ゆう》秀《しゅう》なグリフォン猟《りょう》犬《けん》だ。野ウサギ、ウズラ、何でもお手のものなのに、今はなんてひどい姿《すがた》なんだ。あわれなやつよ」

そして、ぼくたちの方をふりかえった
「これから、この犬をどうするつもりだ？」

「べつに何も。あそこにほうっておいたら、死《し》んでいたはずだから」

「その方がよかっただろうよ」

「どうしてですか？」

「だってこいつは苦《くる》しまなかったし、君《きみ》たちを困《こま》らせることもなかったからね」

「ぼくたちは何も困《こま》ってなんかいません。この犬が大好きなんです。世話《せわ》をして、回復《かいふく》させます」

「そのあとは？　もう何の役《やく》にも立たないぞ」

ちょうどそのとき、ロッセッラがミルクスープを持《も》ってやって来た。ボウルに注《そそ》ぐと、ものすごい勢《いきお》いでなめはじめたので、ロッセッラは犬に言いきかせた。

「ゆっくりとね、のどにつまらせちゃうわよ」

犬が食べるのをみんなで見ていた。旺盛《おうせい》な食欲《しょくよく》が満《み》たされるのを見ることは、気持《きも》ちがよかった。

猟場管理人《りょうばかんりにん》がいきなり言った。

「こいつを飼《か》うのは君《きみ》たちにとってたいへんな出費《しゅっぴ》だ！」

するとロッセッラが冷静《れいせい》にかえした。

「私《わたし》の父はパン屋《や》なので、残《のこ》ったパンを犬にあげます」

パオリーノがつけ加《くわ》えた。

「ぼくたち四人で、ごはんの残《のこ》り物《もの》を持《も》ちよります」

そこで、猟場管理人《りょうばかんりにん》は話を変《か》えた。

「そうか。君《きみ》たちといれば、こいつはお腹《なか》をすかせて苦《くる》しむことはないんだな。でも、それだけじゃないぞ」

「何があるんですか?」ぼくが聞いた。

「犬を飼《か》うには役所《やくしょ》に届《とど》けを出さなければならない。それに税金《ぜいきん》の支払《しはら》いも必要《ひつよう》だ」

――知らなかった。

ぼくたちはおどろいて顔を見合わせた。

「いいです。払《はら》います。どうすればいいんですか？」パオリーノが説明《せつめい》を求《もと》めた。

「ぼくの貯金箱《ちょきんばこ》、いっぱいになってるよ」

シルバーノも言ったけれど、猟場管理人《りょうばかんりにん》はすぐには帰らなかった。

犬の上にかがみこんで足にふれると、犬は痛《いた》みで「キャン」とないた。

「こいつはもう歩けない。君《きみ》たちは助《たす》けるつもりかもしれないが、苦《くる》しめているだけだ！」

ロッセッラが言いかえした。

「でも、この子は生きていてよかったと喜《よろこ》んでいます。なでるとしっぽをふるんです……」

「わかったよ。でも、犬を友《とも》だちみたいに飼《か》いたいなら、かわいい子犬にしたらいいじゃないか？　君《きみ》たちが育《そだ》てて、好《す》きなようにしつけて、かわいくて、健康《けんこう》で、すばしっこくて、ここにいるような『おんぼろ』じゃなくてね」猟場管理人《りょうばかんりにん》は一呼吸《ひとこきゅう》おいて続《つづ》けた。

「もしこいつを俺《おれ》にわたすなら、もう苦《くる》しむことはないと保証《ほしょう》する。それどころか気づくこ

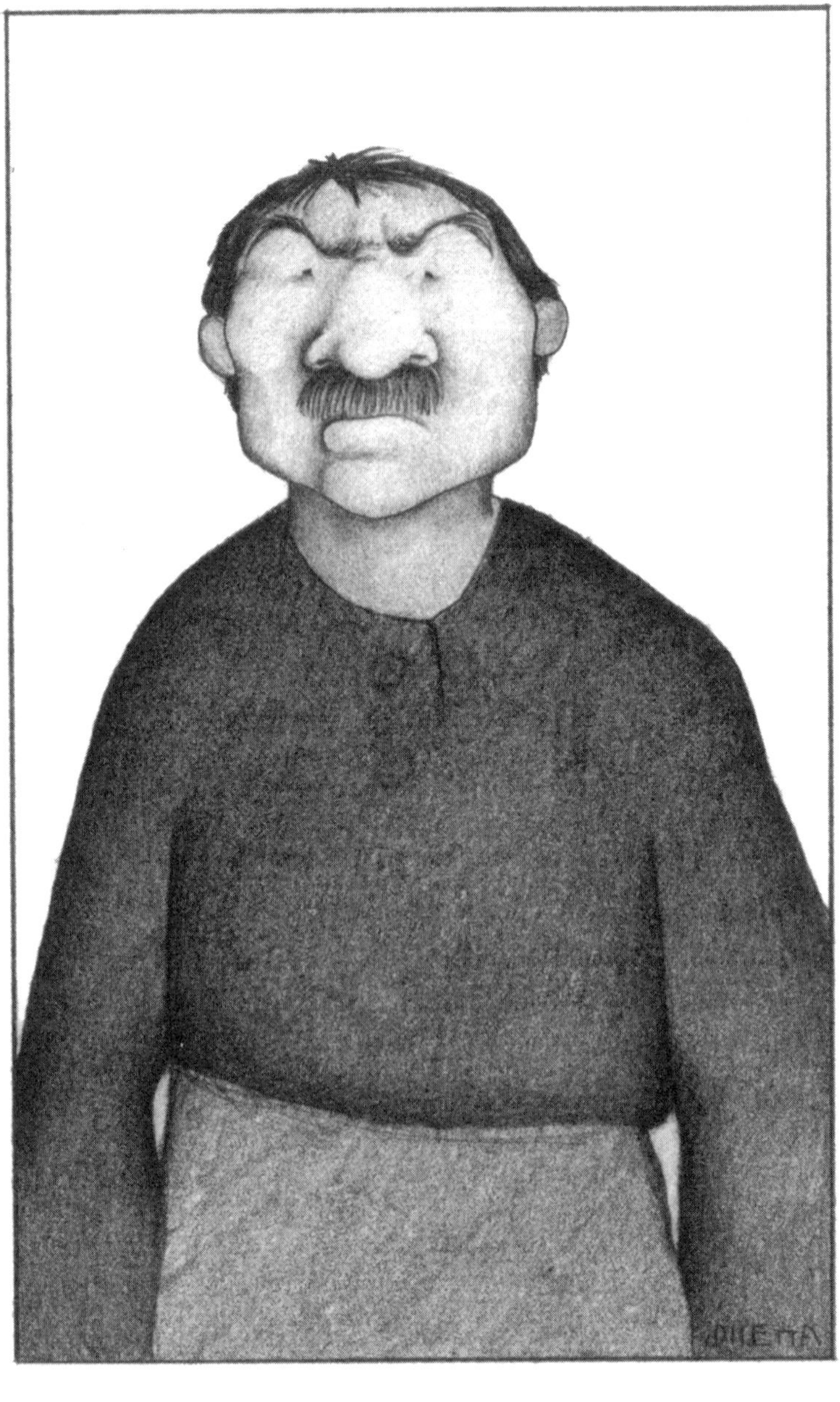

かさえないからね。俺《おれ》は不幸《ふこう》な犬にもう何度《なんど》もそれをした。外にはトラックもとめてあるから、それに積《つ》みこめば、君《きみ》たちはもう苦労《くろう》しなくていいんだ。こいつもね」

ぼくたちは固《かた》まった。動揺《どうよう》しながら、猟場管理人《りょうばかんりにん》の言葉《ことば》に耳をかたむけた。最初《さいしょ》、彼《かれ》が何を言いたいのかわからなかった。でも、やがてすべてが明らかになった。

——犬を殺《ころ》そうとしている！

ぼくは大声をあげた。

「いやだ！　ぼくたちはこの犬を飼《か》う！」

ロッセッラもすぐに加勢《かせい》した。

「私《わたし》たちは犬を死《し》なせたくない！」

パオリーノが言った。

「税金《ぜいきん》は払《はら》うし必要《ひつよう》なことは何でもする。この犬はずっと、ここにいるんだ！」

シルバーノは泣《な》きだした。

「犬を死《し》なせたくない！　出ていけ！　出ていけ！」叫《さけ》びながら猟場管理人《りょうばかんりにん》の足を押《お》した。

それでも猟場管理人《りょうばかんりにん》は出ていかなかった。そこで、パオリーノはドアをあけ、お父さんを呼《よ》んだ。猟場管理人《りょうばかんりにん》が何をしようとしているのかを話すと、お父さんは言った。

「どうするか決《き》めなければならないのは、子どもたちです」

「ぼくたちはもう決《き》めている！」パオリーノは、猟場管理人《りょうばかんりにん》に向《む》かってドアの方を指《ゆび》さした。

すると、よくわからない言葉《ことば》をぶつぶつ言いながら出ていった。

11　名前のない犬

猟場管理人《りょうばかんりにん》が来たあと、ぼくたちは、そして犬とも、さらに固《かた》い絆《きずな》で結《むす》ばれた。

ある日、クリスマスのお休みが終《お》わりに近づいていたころ、犬の届《とど》けを出して税金《ぜいきん》を払《はら》うため、みんなで役所《やくしょ》に出かけた。しかし係《かか》りの人によると、税金《ぜいきん》の支払《しはら》いは書類《しょるい》がとどいてからということだった。そのため、ぼくたちは書類《しょるい》が送《おく》られる家を決《き》めなければならなかった。

「ぼくのとうさんは引《ひ》き受《う》けてくれると思う」

パオリーノが言ったので、ぼくも主張《しゅちょう》した。

「ぼくのとうさんも」

「でも」ロッセッラが指摘《してき》した。

「私《わたし》たちがお金を集《あつ》めて親にかえさないといけないのよ。犬は私《わたし》たちのものだから」

「ぼくの犬だ！」シルバーノが言いはった。

ロッセッラは、たとえ最初《さいしょ》に溝《みぞ》で犬を見つけたのがシルバーノだったとしても、もはや犬は世話《せわ》をする人、つまりみんなのものでもあると、ていねいに説明《せつめい》した。

「でも、ぼくのでもある！」シルバーノはゆずらなかった。

家に帰って親たちに相談《そうだん》したところ、ぼくらの判断《はんだん》にまかせると言われた。

ロッセッラは、三枚《まい》の紙きれにそれぞれ家族《かぞく》の名前を書き、帽子《ぼうし》に入れ、シルバーノに一枚《まい》引かせることを提案《ていあん》した。ぼくのとうさんの名前が引かれた。

こうして、犬税《いぬぜい》を支払《しはら》う家族《かぞく》の名前を持《も》って、また役所《やくしょ》に出かけた。係《かか》りの人が規則《きそく》を説明《せつめい》してくれた。家の外では犬をリードでつないでおくこと、首輪《くびわ》と名札《なふだ》をつけること、そうしていなければ猟場管理人《りょうばかんりにん》が罰金《ばっきん》をとるか、犬を連《つ》れていく、ということだった。

「どこに連《つ》れていかれるの？」シルバーノが聞いた。

「迷子《まいご》の犬や野良犬《のらいぬ》が保護《ほご》されている、収容所《しゅうようじょ》です」

「そのあとは？」

「そのあとのことはわかりません。飼《か》い主《ぬし》が引きとりにくれば、罰金《ばっきん》を払《はら》って家に連《つ》れて帰りますが、そうでなければ……」

「そうでなければ？」シルバーノは興味《きょうみ》しんしんで問《と》いかえした。

「もし引きとりにこなければ、その犬は殺《ころ》されるでしょう」

「でも、ぼくは首輪《くびわ》と名札《なふだ》と、それにリードもつけるから、ぜったいに犬を連《つ》れていけないはずだ！」シルバーノが大声をあげた。係《かか》りの人は書類《しょるい》を書いているところだった。

ようやく係《かか》りの人がシルバーノに向《む》きなおり、にっこり笑《わら》った。

「君《きみ》はその子犬が大好《だいす》きなのね。そうでしょ？」

シルバーノは笑《わら》い、両手《りょうて》を思いっきりひろげた。

「ぼくたちの犬は大きいんだ。子犬じゃないよ。こーんなに長いの。わかる？」

「名前は何て言うの？」

シルバーノは何と答えていいのかわからず、ぼくの方を向《む》いた。

「わかりません……。道でけがをしているのを見つけました」

係《かか》りの人はくすっと笑《わら》った。

「名前のない犬！」

家に帰りながら、シルバーノは犬の名前を考えはじめた。

「あの犬の飼《か》い主《ぬし》は犬に洗礼《せんれい》を受《う》けさせたとき、名前をつけたのかな?」

シルバーノが急《きゅう》におかしなことを言ったので、みんなは笑《わら》ったが、彼《かれ》は大まじめに続《つづ》けた。

「ぼくが言いたかったのは、犬を小さいときに買った飼《か》い主《ぬし》が、名前をつけただろうってこと。ちがう? だからあの犬には名前があるはずなんだ。今日《きょう》聞いてみるよ」

「誰《だれ》に?」ロッセッラが聞いた。

「犬にだよ!」みんなは、また大笑《おおわら》いした。

「どうして? 犬はあなたと話をするの?」

「君《きみ》たちは、ほんとうに何もわかってないんだね。犬がぼくたちみたいにしゃべらないのは知ってるさ。でも、名前を言わせることはできるよ!」

「しゃべらないのに、どうやってやるのさ!」今度《こんど》はぼくが言った。

「しっぽだよ!」シルバーノは自分の計画を説明《せつめい》した。

「ぼくが犬の耳に近づいて犬の名前を一つ言う。もしそれが自分の名前だったら、しっぽや頭で教えてくれる。どんな犬だって名前を呼《よ》ばれたらやるでしょ。ちがう？」

「そうだわ！」ロッセッラが大きな声をあげた。

「さあ犬のところに行って、シルバーノが言うようにやりましょうよ。名前を言って、自分の名前に気づくかどうか確認《かくにん》するの」

「ぼくがしっぽを見る！」シルバーノが言った。

この十五日間で、犬の名前を見つけるという難《むずか》しい問題《もんだい》に向《む》きあうのは、はじめてだった。犬の周《まわ》りに座《すわ》ると、犬はぼくたちを静《しず》かに見つめていた。ぼくらはゲームを開始《かいし》した。一人一人が順番《じゅんばん》に名前を考え、それを大声で言った。シルバーノはしっぽを確認《かくにん》するために、犬の後ろにまわった。ぼくからはじめた。

「ビル！」無反応《むはんのう》。まるで何でもない言葉《ことば》を発《はっ》しただけのように、無反応《むはんのう》だった。

「ディアナ！」シルバーノが大声で言うと、みんなは笑《わら》った。犬はオスだったからだ。

ロッセッラの番になり、パオリーノ、そしてまたぼくの番がきた。

「ディック！」「トム！」「レオ！」「ラッシー！」「フル！」「ボビ！」

無反応《むはんのう》。またもや無反応《むはんのう》だった。

「本当に名前のない犬ってことなのかな？」ぼくがシルバーノに聞くと
「もしかしたら、名前もつけないほど、ひどい飼《か》い主《ぬし》だったのかも！」とすぐにかえした。

「でも、どういうふうに飼《か》い主《ぬし》は呼《よ》んでいたのかしら？」

「くちぶえさ」シルバーノが答えると、パオリーノが補足《ほそく》した。

「猟師《りょうし》は獲物《えもの》を追《お》うとき、犬を名前ではなく口笛《くちぶえ》で呼《よ》ぶんだ」

シルバーノが言った。

「でも家では、どの犬にも名前がある。この犬だってそうだよ。見つけなきゃ！」

家に帰ると、ぼくたちは知っているかぎりの犬の名前と、親が教えてくれた名前を紙に書いた。

次《つぎ》の日は、クリスマスのお休みの最終日《さいしゅうび》だった。ぼくたちは犬の名前を見つけるために、また犬の周《まわ》りに集《あつ》まった。

ゲームをはじめるまえに、シルバーノが犬の頭をなでてささやいた。

「君《きみ》はこの大きな頭で、自分の名前を覚《おぼ》えているよね。そうだろ？」

犬はシルバーノの言葉《ことば》を楽しげに、うれしそうに聞いていた。それは、ぼくらがそばにいたからだった。

「ぼくたちはそれを見つけ出すよ！」

犬は「うん」と言うように頭を動《うご》かした。するとシルバーノが言った。

「見た？　犬はうなずいたよ。さあはじめよう」

紙に書いた名前を一つずつ呼《よ》び、ぼくたちは犬の反応《はんのう》を見はじめた。

パオリーノ「ドック！　トム！　フィラ！　ラッシュ！　テル！　ロール！　ビボ！」

ロッセッラ「トビ！　オメロ！　ブリチョラ！　ビルゴラ！　ブリッツ！　トイフェル！」

シルバーノ「ルーポ！　ローキ！　リンティンティン！　チュッフォ！　ピッポ！

フェーボ！」

このおかしな名前に犬は耳を立て、しっぽをふった。

「フェーボ！」シルバーノが叫《さけ》んだ。

それはまさに、この犬の名前だった。その言葉《ことば》に犬はふりかえり、そわそわし、返事《へんじ》をしていた。

「フェーボ、でもそれは何の名前かな?」ぼくたちは疑問《ぎもん》に思った。

「さあ……」

「誰《だれ》がシルバーノにその名前を教えてくれたの?」ロッセッラが聞くと

「とうさん」シルバーノが答えた。

「でも、いったいどういう意味《いみ》なのかしら?」

ぼくたちは百科事典《ひゃっかじてん》を調《しら》べてみた。フェーボは神様《かみさま》の名前だった。光の神様《かみさま》の!

フェーボ! ぼくらの犬には名前があった。

謎《なぞ》はときあかされた。

12

日記

クリスマスのお休みが終《お》わり、学校にもどった。

ぼくは先生や友だちにフェーボの話をした。すると先生は、その話を日記につけて、みんなの前で読んではどうかと言った。

そこで、毎朝ぼくは新しい出来事《できごと》を発表《はっぴょう》していたので、フェーボはまだ誰《だれ》にも会ったことがないのに、もうすっかりみんなの友だちになっていた。

ある日、みんなでフェーボに会いにいった。フェーボはわらの上で丸くなっていたけれど、子どもたちを見ると起《お》きあがろうとした。ぼくが手伝《てつだ》い、体を引っぱりあげると、少しのあいだその場でじっと立っていた。それはまるで小さな子どもが、初《はじ》めて自分の力でどうにかバランスをとって立っているようだった。でもしばらくすると、よろめいてたおれてしまった。

「気にしなくていいよ。もう一度《いちど》やろう」ぼくはフェーボに声をかけた。

フェーボは文句《もんく》ひとつ言わず、なされるままに体をかかえられ、引っぱりあげられた。

フェーボが前足を立て、おしりを押《お》しあげると、ぼくは二本の後ろ足がまっすぐになるまで手をそえた。フェーボは一生懸命《いっしょうけんめい》だった。

「いいぞ！　そのうちできるようになるさ！」

どんな小さな新しい出来事《できごと》も、日記に書くと、それは物語《ものがたり》になった。そして何年もたった今になってページを読《よ》みかえしているうちに、このお話を書いてみようと思いついたのだ。

いつも学校から帰ると、パオリーノやシルバーノ、ロッセッラと一緒《いっしょ》にフェーボのところに行っていた。

ある日、フェーボがパオリーノの猫《ねこ》のチーチョといるのを見かけた。チーチョは母親のひざにのる小さな子どものように、フェーボの足のあいだでご満悦《まんえつ》だった。フェーボは舌《した》でチーチョをなめ、チーチョはフェーボにすっかり身《み》をまかせていた。ぼくたちが入っていっても、二匹《ひき》はずっと一緒《いっしょ》に心地《ここち》よさそうにしていた。チーチョはたびたびフェーボのところに出かけていった。二匹《ひき》は食事《しょくじ》を取《と》りあうこともせず、同じボウルで食べ、わらの上で一緒《いっしょ》に眠《ねむ》り、遊《あそ》んでいた。二匹《ひき》はとっても仲良《なかよ》しだった。

数日後（日記には、日付《ひづけ》が一月二十五日とある）、フェーボが自信満々《じしんまんまん》に立って歩こうとしていた。あいているドアに向《む》かい、数歩あるくと立ちどまってしまった。ぼくたちは中庭《なかにわ》から呼《よ》びかけた。

「おいでフェーボ、ここにおいで！」

フェーボはあたりを見まわし、少しよろめきながら、数歩あるいて外に出た。そして雪の上に前足の一本をのせると、すぐに持《も》ちあげた。きっと冷《つめ》たかったのだろう。しかし、小屋《こや》の中へ逃《に》げ帰《かえ》ることはしなかった。興味《きょうみ》しんしんで左右すべてを見まわし、まるでこう言っているようだった。

「ぼくはどこにいるの？　ここはぼくの家じゃない！　いったい何が起《お》こっているの？」

でも、フェーボは友だちであるぼくらに気《き》がつくと、自信《じしん》をとりもどし、ほっとしていた。

その日からフェーボが好《す》きなときに出かけられるように、小屋《こや》のドアを半開《はんびら》きにしておいたので、フェーボは自由《じゆう》に外へ出た。

フェーボがパオリーノの家のしまっている門の前で、ぼくたちを待《ま》っていることがよくあった。パオリーノのお母さんが、フェーボはぼくたちが帰る時間になると、そこに来て座《すわ》っていると言っていた。ぼくたちはフェーボがどうやってその時間を知るのか不思議《ふしぎ》に思った。

「鐘《かね》の音を聞いて、音を数えているんじゃないのかな」シルバーノが言った。

フェーボは中庭《なかにわ》のあらゆるところで、一つずつ何かを発見《はっけん》していた。たとえば軒下《のきした》にある作《さ》業《ぎょう》用《よう》の道具《どうぐ》、鳥小屋《とりごや》のニワトリたちである。

フェーボがはじめて鳥小屋《とりごや》に入ったときには大混乱《だいこんらん》をまきおこした。ニワトリがフェーボを追《お》いはらおうと、あっちこっちにバタバタと飛《と》びまわり、鳥の言葉《ことば》でわめきちらしたのだ。フェーボは自分が危害《きがい》を加《くわ》えないということを、ニワトリが理解《りかい》して落《お》ち着《つ》くまで、動《うご》きをとめてじっと見つめていた。

フェーボに走ることを教えたのはニワトリだった。中庭《なかにわ》でニワトリが地面《じめん》を引っかいているのを見つけ、遊《あそ》ぼうと追いかけるとニワトリは逃《に》げた。フェーボはおくれをとってころんでしまった。だがすぐに起《お》きあがった。すると、さわぎを聞きつけた他《ほか》のニワトリが頭をあげ、コッココッコとないた。それはまるでフェーボがころぶのをクスクス笑《わら》っているようだった。

13 ボール遊《あそ》び

雪がとけ、中庭《なかにわ》に新芽《しんめ》が顔を出しはじめた。

パオリーノのお母さんは、紅色《べにいろ》の花を咲《さ》かすキョウチクトウや、ゼラニウムの植木鉢《うえきばち》を外においた。ニワトリは地面《じめん》をすみずみまでひっかいていた。すでに中庭《なかにわ》のあらゆるものを見つけていたフェーボは、チーチョと一緒《いっしょ》に眠《ねむ》ったり、遊《あそ》んだりして日々を過《す》ごしていた。

フェーボは三本足で歩いていた。そのうち一本は短《みじか》くて、ころばないように支《ささ》えるためだけのものだった。そのため、フェーボは前と後ろのよい方の二本足を使《つか》い、曲芸師《きょくげいし》の竹馬のようにぴょこんぴょこんとはねながら、おかしな歩き方をしていた。

折《お》れた足の骨《ほね》はすっかりくっついていたけれど、曲《ま》がっていたので、ロッセッラのおじさんは筋肉《きんにく》をきたえるために、常《つね》にすべての足を使《つか》わせる必要《ひつよう》があると言った。そこで、スポーツ選手《せんしゅ》が日々体調《たいちょう》を整《ととの》えるように、毎日少しずつフェーボを訓練《くんれん》することにした。

最初《さいしょ》のトレーニングはウォーキングとランニングだった。そのころ、気候《きこう》はもうすっかり暖《あたた》かくなっていたので、午後になると村の周辺《しゅうへん》の原っぱに行き、小道を登《のぼ》ったり、下《くだ》ったりしていた。そして、だんだんとその距離《きょり》をのばしていった。

二つ目のトレーニングは後ろ足の筋肉《きんにく》をきたえるための動作《どうさ》だった。そのため、固《かた》いものはお皿《さら》に入れるのではなく、頭の上に高くあげ、直接手《ちょくせつて》で食べさせていた。フェーボは後ろ足で立ちあがり、体を高くのばして取《と》ろうとした。また、パンや肉、チーズの切《き》れ端《はし》などは、高く投《な》げてジャンプをさせた。はじめのうちは食《た》べ物《もの》をとらえるのに苦労《くろう》していたけれど、しだいに動《うご》きが軽《かろ》やかになり、それらをキャッチするのがとても上手《じょうず》になった。フェーボはまるで高いボールをしっかりとつかむ、サッカーのゴールキーパーのようだった。

ある日の午後、家の裏《うら》の原っぱでサッカーをしていると、突然《とつぜん》フェーボがせまい道をよろよろと走ってくるのが見えた。ぼくはゴールキーパーでチームはいいプレーをしていたけれど、相手《あいて》チームにもうまい選手《せんしゅ》がいた。守備《しゅび》に一人と攻撃《こうげき》のパオリーノだ。パオリーノが前に出てくると、何をしようとしているのか全《まった》く予測《よそく》がつかなかった。なぜなら彼《かれ》は、相手《あいて》にマークされていないチームメートにボールをわたすのが得意《とくい》だったからだ。それに、敵《てき》をうまい具合《ぐあい》にかわし、ドリブルから素早《すばや》くシュートするのもみごとだった。ぼくはパオリーノのシュートをはじくと、コーナーキックも止めた。

試合《しあい》はいぜんとして、0対《たい》0のまま白熱《はくねつ》した接戦《せっせん》だった。

ぼくらのチームにも、左右《さゆう》から攻撃《こうげき》をしかけるスピードのあるウィングと、ゴール前の両《りょう》サイドをしっかり守《まも》ってくれるサイドバックがいた。ぼくがちょうど、そのスピードのあるウィングにロングボールを出したときだった。背後《はいご》でなき声半分、あくび半分のフェーボの声が聞こえてきた。フェーボは「うぉーい、俺《おれ》もいるぞー！」と言いたげだった。

ぼくはあわててフェーボの頭をなでると、ゴールの後ろを指《ゆび》さし、そこに座《すわ》るように指示《しじ》をした。フェーボは座《すわ》り、プレーをしている少年たちをながめていた。

ゲームは激《はげ》しいせめぎあいの展開《てんかい》だった。

そのとき、ぼくらのサイドバックが相手《あいて》の攻撃《こうげき》をヘディングで止めた。ところがそのボールは、ゴール前のペナルティーエリアにノーマークであらわれていたパオリーノにわたってしまった。彼《かれ》は守備《しゅび》の動《うご》きをいち早く予想《よそう》していたのだ。

このような場合、ゴールキーパーはゴールから出て敵《てき》の足元にとびこみ、ボールをうばわなければならない。だからぼくもそうしたけれど、パオリーノの方が速《はや》かった。シュートを打《う》つと、ボールは背後《はいご》の誰《だれ》もいないゴールに向《む》かって飛《と》んでいった。ぼくは地面《じめん》にころがりながらとっさにふり向《む》くと、ボールがゴールネットにすいこまれていくのが見えた。

だが、ボールが白線をこえようとしていたちょうどそのとき、フェーボが踊《おど》りでた。フェーボはとびはねるとボールを鼻《はな》でフィールドにもどし、ペナルティーエリア内でボールを追《お》いかけまわしていた。ぼくはフェーボの足のあいだに身《み》を投《な》げボールをうばった。

それから大さわぎになった。ボールがゴールに入らなかったにもかかわらず得点《とくてん》を要求《ようきゅう》する者《もの》、犬の好《こう》セーブを笑《わら》う者《もの》、不平不満《ふへいふまん》を言う者《もの》などさまざまだった。そして、そんなぼくらの真《ま》ん中《なか》にはフェーボがいた。フェーボはただボールが欲《ほ》しくて遊《あそ》びたかったから、走りまわったり、とびはねたりしているだけだった。

ぼくとパオリーノは、フェーボにフィールドの外で座《すわ》っているようにと言い聞かせ、ゴール裏《うら》に連《つ》れていった。しかし、フェーボはゲームのルールを理解《りかい》していなかったから、少年たちが走っているのを見ると、とびこんできてボールを追《お》いかけ、ぼくたちが足でするように、鼻《はな》でボールをころがしていた。フェーボは速《はや》くてうまかったが、ルールはぼくらのとはちがっていた。勝《か》つことには興味《きょうみ》がなく、楽しんでいた。ただそれだけだった。

フェーボは誰《だれ》とも敵対《てきたい》していなかったので、ぼくたちはフェーボの好《す》きなようにやらせることにした。むしろその方がよかった。なぜならフェーボは、試合《しあい》に喜《よろこ》びと活気をもたらす、予測不可能《よそくふかのう》なひかえの選手《せんしゅ》だったからだ。

14　川で

五月の気持《きも》ちのいい日曜日、ぼくたちは川へ探検旅行《たんけんりょこう》に出かけた。それは、いろいろな種類《しゅるい》の草木や花をこの上なく愛《あい》していたロッセッラが、植物標本《しょくぶつひょうほん》を作るために、草花を採集《さいしゅう》したいと言い出したからだった。

とくにロッセッラは、石や壁《かべ》のあいだ、歩道のひび割《わ》れ、さらには線路《せんろ》の砂利《じゃり》の中でさえも芽《め》を出すような、とても小さく、あまり知られていない草花が好《す》きだった。そして、そのような植物《しょくぶつ》を「強くて勇敢《ゆうかん》な草花」と呼《よ》んでいた。なぜなら、誕生《たんじょう》と成長《せいちょう》に最《もっと》も適《てき》していない場所《ばしょ》で、コンクリートに立《た》ち向《む》かいながら生きていたからだ。

庭《にわ》や野菜畑《やさいばたけ》で雑草《ざっそう》として引きぬかれてしまう「けなげな草花」で、彼女《かのじょ》はすでに一冊の植《しょく》物標本《ぶつひょうほん》を作りあげていた。各《かく》ページには乾燥《かんそう》した本物《ほんもの》の草花に、採集《さいしゅう》した場所《ばしょ》、呼《よ》び名《な》、学《がく》名《めい》などが書かれたラベルをつけた。でもロッセッラはそんな情報《じょうほう》よりも、草や花の形が気に入っていた。

「これを見て！　コンクリートのすき間で生まれたのよ。まるで星みたいでしょ。小枝《こえだ》は光線《こうせん》のようだし、小さな葉《は》っぱはハートの形をしているの」

この「けなげな草花」の標本《ひょうほん》のページには、さまざまな形の小さな花や葉《は》っぱが、まるで絵のようにきちんと並《なら》べられていた。そして、それぞれのページには、葉《は》っぱと花を保護《ほご》するプラスチックのシートがはさまれていた。

ロッセッラは、今度《こんど》は川岸《かわぎし》や土手沿《どてぞ》いに生《は》えている草花でも標本《ひょうほん》を作ろうと決《き》め、いなかで丸一日過《す》ごす探検旅行《たんけんりょこう》を提案《ていあん》したのだった。もちろんフェーボも一緒《いっしょ》だ。

ぼく、シルバーノ、パオリーノ、ロッセッラ、それにフェーボの四人と一匹《ぴき》は、サンドイッチや飲《の》み物《もの》をかばんとリュックにつめて、朝早く草むらの小道に入り旅《たび》へと出発《しゅっぱつ》した。

大昔《おおむかし》、ぼくらの村は川のほとりにあった。それはちょうど川幅《かわはば》がとても広く、浅瀬《あさせ》があるあたりだった。また、この一帯《いったい》では高床式《たかゆかしき》の家や集落《しゅうらく》の遺跡《いせき》が発見《はっけん》された。

その後、洪水《こうずい》を防《ふせ》ぐために、土の壁《かべ》のような堤防《ていぼう》が作られた。かつて、川の水が流《なが》れていた堤防《ていぼう》の外側《がわ》に残《のこ》された土地は、耕《たがや》されて牧草地《ぼくそうち》になった。

その大きな堤防《ていぼう》に行くために牧草地《ぼくそうち》を横切《よこぎ》っていると、そのころ綿毛《わたげ》を風に飛《と》ばしていたポプラの木の先《さき》が、堤防《ていぼう》の向《む》こうに見えた。さわやかな風がふくと綿毛《わたげ》は遠くに運《はこ》ばれ、太陽《たいよう》の下でかがやいていた。それは幻想的《げんそうてき》で、夏に降《ふ》る雪のようだった。

「わー、きれい！　でも、くしゃみがでるのが残念《ざんねん》」ロッセッラは言った。

「ねえ、どうして植物《しょくぶつ》が雪を降《ふ》らせるの？」シルバーノが聞いた。

そこでロッセッラは、この小さな空飛《そらと》ぶふわふわは、植物《しょくぶつ》が世界中《せかいじゅう》の他《ほか》の植物《しょくぶつ》たちに送《おく》るたくさんのキスのようなもので、その一つ一つは新しい芽《め》を出す種《たね》であると説明《せつめい》した。

「植物《しょくぶつ》がお互《たが》いにキスをしあうの？」

シルバーノはよくわからず笑《わら》い、フェーボの方を向《む》いた。

「ほらフェーボ見て。こんなにたくさんのキスが空を飛《と》んでいるよ！」

フェーボが理解《りかい》していたかどうかはわからなかったが、目の前にはこんな光景《こうけい》がくりひろげられていた。ふわふわと舞《ま》う綿毛《わたげ》を見てはとびあがって食べようとしたり、鼻《はな》の穴《あな》に綿毛《わたげ》が入ると前足で取《と》りのぞこうとしたり、くしゃみをしたり、とびはねながら逃げたりもしていた。

フェーボは草や溝《みぞ》など、あらゆるもののにおいをかぐために、ときどき小道からそれた。フェーボがかぎまわった草の茂《しげ》みからは、太陽《たいよう》の下をくるくるまわるブヨの群《む》れ、走《はし》り幅《はば》とびで競《きそ》いあうバッタ、青空に舞《ま》う蝶《ちょう》のバレリーナたちがとびだしてきた。

蝶《ちょう》はフェーボを夢中《むちゅう》にさせた。蝶《ちょう》をつかまえようと走り、ジャンプをして「ワンワン」とほえた。しかし蝶《ちょう》はフェーボをひらりとかわし、とどかないところで舞《ま》っていた。そこで、フェーボは新たな狩《か》りの標的《ひょうてき》を探《さが》すことにした。

あるとき、フェーボは銅像《どうぞう》のように動《うご》かず、耳を立て、頭を上にのばし、視線《しせん》を前方《ぜんぽう》に定《さだ》めていた。牧草地《ぼくそうち》には何も見えず、あるのは小さな土の盛《も》りあがりだけだった。フェーボはまさに、その一点をじっと見つめていた。そして突然《とつぜん》そこにとびこむと、前足で土をかきくずし、遠くへとばしはじめた。すると、モグラがほったトンネルの穴《あな》があらわれた。しかしモグラはすでに逃《に》げてしまっていたので、フェーボはにおいをかいではほえ、においをかいでは土を引っかいていた。

「行こうフェーボ！　モグラをそっとしておいてあげて！」

そして、ぼくたちはまた進《すす》んだ。

堤防《ていぼう》の近くに着《つ》くと、フェーボはぼくらのそばであちこち走りまわっていたが、にわかに何かを感《かん》じ、草むらをかぎまわりだした。進《すす》んではもどり、あちらへ行ったり、こちらに来たりしてようやく立ちどまると、また銅像《どうぞう》のようになった。動《うご》かず、前足を一本あげ、耳を立て、体は緊張《きんちょう》でふるえていた。ぼくたちも立ちどまり、フェーボの目の前に何があるのか見ようとしたけれど、草と花の他《ほか》には何も見えなかった。

近づくと、ぼくらの足音はフェーボがねらっていた獲物《えもの》をこわがらせてしまい、かくれていた草の中から野ウサギがとびだしてきた。野ウサギはぼくらのいる方に二回とびはねてくると、急《きゅう》に向《む》きを変《か》えて逃《に》げだした。フェーボはほえたり、足を引きずったりしておくれをとった。対《たい》する野ウサギはとてもすばしっこく、牧草地《ぼくそうち》の奥《おく》までたどりつくと、溝《みぞ》をとびこえ麦畑《むぎばたけ》に消《き》えてしまった。フェーボはその場に立ちつくし、野ウサギが消《き》えた場所《ばしょ》をじっと見つめていた。それからぼくたちの方に向《む》きなおり「ワンワン」とほえた。

「ウサギを追《お》うのをやめて！　こっちにおいで！」ロッセッラが命《めい》じた。

「ぼくたちは猟師《りょうし》じゃないよ」シルバーノはフェーボにかけより、首輪《くびわ》とリードを見せた。

「ウサギをほうっておかないなら、これをつけるぞ！」

すると、フェーボはぼくたちのところにもどってきたけれど、野ウサギのことを考えているのは明らかだった。ふり向《む》いては鼻《はな》をクンクンさせ、野ウサギが消《き》えた場所《ばしょ》を見つめていた。

川の水位《すいい》は低《ひく》く、広くて白い砂《すな》の河原《かわら》には、川の増水《ぞうすい》で流《なが》れついた二本の枯《か》れ木《き》が横《よこ》たわっていた。

フェーボは葦《あし》の茂《しげ》みにとんで入り、河原《かわら》の真《ま》ん中《なか》までたどりつくと、立ちどまって「ワン」とぼくたちを呼《よ》んだ。少し大変《たいへん》な思いをしながらぼくたちも茂《しげ》みを下《くだ》り、フェーボに追《お》いついた。そこで靴《くつ》をぬいではだしになると、砂《すな》は冷《つめ》たく気持《きも》ちがよかった。フェーボもうれしそうだった。砂浜《すなはま》であお向《む》けに寝《ね》ころがって背中《せなか》をこすり、穴《あな》をほり、でんぐり返《がえ》りをしたりした。そして枯《か》れ木におしっこをかけ「いいね、すごくいいね」とほえていた。それから川の方にとびうつると、ぼくたちをまた「ワンワン」と呼《よ》び、こわがることなく水に入って泳《およ》いだ。

ロッセッラは川のほとりの砂浜《すなはま》で、標本《ひょうほん》にのせる小さな草花を採集《さいしゅう》していた。パオリーノは荷物《にもつ》がおけて、ピクニックもできる場所《ばしょ》を探《さが》しにいった。ぼくとシルバーノは、フェーボと一緒《いっしょ》に残《のこ》った。

フェーボは水の中でもうれしそうで、頭だけ出してのんびり泳《およ》いだ。ぼくとシルバーノは足だけ水に入り、フェーボと並行《へいこう》して川沿《かわぞ》いを歩いた。ぼくたちが砂浜《すなはま》の端《はじ》までたどりつくと、そこには小さな池があり、沼地《ぬまち》に生《は》える葦《あし》が茂《しげ》っていた。

しばらくすると、フェーボは水からあがり、体をブルブルふって水しぶきをそこらじゅうにまき散《ち》らした。まさにそのときだった。フェーボが池の中にねらいをさだめ、そこでもすべてに注意《ちゅうい》をはらうと、急《きゅう》に目を光らせた。水面《すいめん》の葦《あし》の合間《あいま》で、黒っぽい玉がジグザグに動《うご》いていたのだ。蛇《へび》の頭だ！ ぼくはこの種《しゅ》の水蛇《みずへび》に毒《どく》がないことを知っていたので、水中で曲《ま》がりくねるしなやかな長いからだを、ぼんやりながめていた。すると、フェーボがいきなりとびかかった。歯《は》で蛇《へび》をつかみ、ゆさぶり、川岸《ぎし》へ投《な》げた。蛇《へび》は死《し》んだ。

ぼくたちは蛇《へび》をじっと見た。シルバーノは指《ゆび》で蛇《へび》にさわり「蛇《へび》が君《きみ》にどんな悪《わる》いことをしたっていうの！」と言ったけれど、フェーボがこの言葉《ことば》の意味《いみ》を、どう理解《りかい》していたのかわからなかった。なぜならフェーボは喜《よろこ》びに体をふるわせ、しっぽをふっていたからだ。

十二時になり、パオリーノが口笛《くちぶえ》を三回ふいてお昼ごはんの合図《あいず》をした。ぼくたちはパオリーノが見つけた茂《しげ》みに集《あつ》まると、輪《わ》になって座《すわ》り、食料《しょくりょう》の入ったリュックサックをあけはじめた。フェーボはシルバーノとぼくのあいだに座《すわ》り、自分のわけまえを待《ま》っていた。

フェーボには最初《さいしょ》に配《くば》られた。三つのパンが一つ一つ投《な》げられ、素早《すばや》くキャッチすると一気に食べた。チーズやサラミの皮《かわ》、残り物《のこもの》、そして最後《さいご》にあげたドーナツもたいらげると、地面《じめん》に落《お》ちたものまで残《のこ》らず食べつくした。それから三回でんぐり返《がえ》りをして楽しそうにほえ、川に水を飲《の》みにいくと、ようやく一息《いき》ついた。

ロッセッラは、古い雑誌《ざっし》のそれぞれのページに一枚《まい》ずつはさまれた、採集《さいしゅう》したばかりの草花を見せてくれた。ちょうどそのとき、背後《はいご》で足音が聞こえた。誰《だれ》かが茂《しげ》みの向《む》こうを歩いているようだったが、姿《すがた》は見えなかった。しばらくすると、突然《とつぜん》男があらわれた。猟場管理人《りょうばかんりにん》だった。

彼《かれ》は犬を見ると、ぼくたちに向《む》かっていきなり言った。

「これはこれは、犬の救世主《きゅうせいしゅ》ご一行《いっこう》さま！」

「この犬の名前はフェーボだ！」シルバーノがすかさず言った。

フェーボは自分の名前が聞こえると立ちあがり、指示《しじ》を求《もと》めてぼくたちを見た。

猟場管理人《りょうばかんりにん》が言った。

「ああ、みんなご苦労《くろう》なこったな！　足の不自由《ふじゆう》な犬よ。半人前で何の役《やく》にも立たない不幸《ふこう》なやつ！」

「そうじゃない！　フェーボは幸《しあわ》せだ！」シルバーノが言いかえした。

フェーボは立ちあがり、猟場管理人《りょうばかんりにん》の足のにおいをかいでいた。

「この犬は猟犬《りょうけん》だ。狩《か》りに出られなければつらいんだ。もし俺《おれ》の言うことを聞いてくれたなら……」猟場管理人《りょうばかんりにん》が続《つづ》けようとすると
「殺《ころ》したかったんでしょ！」シルバーノが叫《さけ》んだ。

すると猟場管理人《りょうばかんりにん》はおこりだした。

「今月は狩《か》りの時期《じき》だから、リードなしで犬を原っぱに連《つ》れていくことは禁《きん》じられている。

知らないのか？」

「ほら、リードだよ」シルバーノが見せた。

「ちょうどはずしたところだ」パオリーノは言い、ロッセッラが説明《せつめい》した。

「食べさせるためよ。そうしないと、のどにつかえてしまうから」

「今つけるよ」シルバーノがフェーボにリードをつけた。

フェーボはすべてを理解《りかい》したように身《み》をまかせ、ぼくたちの足元に座《すわ》った。

猟場管理人《りょうばかんりにん》は、狩《か》りの標的《ひょうてき》の動物《どうぶつ》が逃《に》げてしまうのを防《ふせ》ぐため、犬を原っぱで自由《じゆう》に走らせないようにと忠告《ちゅうこく》した。そして
「今回は罰金《ばっきん》をとらないが、覚《おぼ》えておけよ」と言い、ようやく去《さ》っていった。

猟場管理人《りょうばかんりにん》が遠ざかると、ロッセッラが言った。

「あー、うるさいやつ！」

それから狩《か》りの獲物《えもの》がいない砂浜《すなはま》で、ぼくたちはまた遊《あそ》んだ。

15　フェーボとの夏

フェーボと過《す》ごしたあの夏は、とてつもない冒険《ぼうけん》が絶《た》え間《ま》なく続《つづ》いた。

夏休みのあいだ、毎朝ロッセッラはお母さんがパンを売るのを手伝《てつだ》った。ぼくたち兄弟とパオリーノは、とうさんとかあさんにたのまれた木のはしごのペンキぬり、花や野菜《やさい》の水やり、それに買《か》い物《もの》など、ちょっとした家事《かじ》でいそがしかった。フェーボは、ぼくたちが朝はいそがしいことをよく知っていて、朝ごはんを食べおえると、中庭《なかにわ》のすみの日陰《ひかげ》に丸くなって眠《ねむ》っていた。

でも午後になると、ぼくたちはすっかり自由《じゆう》になった。もちろんフェーボも一緒《いっしょ》だ。フェーボは、ひとたび誰《だれ》かがあらわれると思いっきり動《うご》きまわった。喜《よろこ》びのあまりとびついてきて足や手をなめ、足のあいだにころがったものだから、誰《だれ》もフェーボを落《お》ち着《つ》かせることができなかった。

そのころ、ぼくたちはいろいろな小道を通って、よく散歩《さんぽ》をしていた。低《ひく》い土地の牧草地《ぼくそうち》や川、農業用水路《のうぎょうようすいろ》やぶどう畑《ばたけ》、そして高い所にある農場《のうじょう》など、ぼくらの村のさまざまな景色《けしき》をフェーボと一緒《いっしょ》に発見《はっけん》していた。畑《はたけ》に水を運《はこ》ぶコンクリートの水路《すいろ》では、水に入って遊《あそ》ぶこともできた。

人里離《ひとざとはな》れたいなかの農場《のうじょう》では、家畜小屋《かちくごや》の中に牛を見つけ、中庭《なかにわ》では犬や猫《ねこ》、ニワトリ、ホロホロ鳥《ちょう》、それに色とりどりの尾羽《おばね》を持《も》つクジャクさえも見つけていた。ぶどう畑《ばたけ》では、まだ緑色《みどりいろ》をした多《おお》くのぶどうの房《ふさ》が太陽《たいよう》の下で熟《じゅく》されていた。

また、人気《ひとけ》の少ない小さな村も見つけた。そこにはいつも何人かのお年寄《としよ》りがいて、ぼくらがどこから来たのかたずね、自分たちの今までの体験《たいけん》について話をしてくれた。ぼくたちは歩きながら、めずらしい鳥や土の中で暮《く》らす小さな生《い》き物《もの》、そして花々を見つけ、たくさんのことを話した。

ロッセッラは、いつも持《も》ち歩《ある》いていた小型《こがた》の虫メガネで草の中を観察《かんさつ》し、かくれている小さな花の前でうっとりしながら「とってもきれいなの」と言って大事《だいじ》そうに見せてくれた。フェーボにも見せたけれど、すべてを「ワン、ワン」と評価《ひょうか》し、ときどき食べてしまったので「もう、まったく何もわかってないんだから！」と言われていた。

空を飛行機《ひこうき》が通り過《す》ぎると、ぼくたちも空想《くうそう》のつばさにのって飛《と》びたち、地球《ちきゅう》の反対側《はんたいがわ》に暮《く》らす人々に思いをはせて語りあった。シルバーノは大人《おとな》になったら、インドやアメリカ、アフリカに飛《と》ぶパイロットになりたいと思っていた。パオリーノは科学者《かがくしゃ》になるか、それともサッカー選手《せんしゅ》になるか決《き》めかねていた。一番迷《まよ》っていたのはぼくだった。大人《おとな》みたいにいつも同じことをするのではなく、生きていく中でいろいろなことをしてみたかった。力強く豊《ゆた》かな音をだすトランペットの優《すぐ》れた演奏家《えんそうか》、船や電車の運転手《うんてんしゅ》、はたまた画家《がか》にもなってみたかった。

フェーボの悩《なや》み事《ごと》はむしろ少なかった。あらゆるもののにおいをかぎ、いつも興味《きょうみ》しんしんだった。フェーボにとって生きていくことは、食べて、寝《ね》て、散歩《さんぽ》に行くというような、よりシンプルなものだった。でも、本当にそうだったのだろうか？　シルバーノはフェーボもぼくらと同じように考え、想像《そうぞう》し、記憶《きおく》していると言っていた。そして、そのすべてを「ワンワン」と犬の言葉《ことば》で語っていたそうだ。

DILETTA

ある日、原っぱにいると突然《とつぜん》嵐《あらし》がやって来た。強い風がふき、空に黒っぽい雲を運《はこ》んでくると、稲妻《いなずま》がピカッと光り、雷《かみなり》がなりひびいて雨が降《ふ》りだした。

ぼくたちはその辺《あた》りのぶどう畑《ばたけ》に、ちょっとした小屋《こや》があることを知っていたから、そこに避難《ひなん》しようと走ったけれど、もう間に合わなかった。とりあえず、大きな桑《くわ》の木の下で雨宿《あまやど》りをすることにした。生《お》い茂《しげ》った葉《は》っぱと木の幹《みき》は、少しだけぼくらを守《まも》ってくれた。

フェーボは雷《かみなり》をこわがって、ぼくたちの足のあいだで丸くなり、とどろく雷鳴《らいめい》にほえていた。それはまるで泣いているようだった。

シルバーノがフェーボに言いきかせた。

「空がドーン、ドーンとなっているだけで、戦争《せんそう》とはちがうよ。こわがらなくちゃいけないのは戦争《せんそう》のほうだ。嵐《あらし》じゃない。太陽《たいよう》がもどってきたら急《いそ》いでお家へ帰ろう」

シルバーノは、フェーボが自分の言葉《ことば》を理解《りかい》していると言っていた。たしかに彼《かれ》はフェーボを少し落《お》ち着《つ》かせることができた。しかし、フェーボの恐怖《きょうふ》は消《き》えていなかった。前足の上に頭をのせてうずくまり、ちらちらと悲《かな》しい目でこちらを見上げ、しっぽは後ろ足のあいだでちぢこまっていた。

雨がやんだので、ぼくたちはぶどう畑の小屋《こや》を目指《めざ》して突っ走《つっぱし》った。フェーボは足を引きずり、おびえながらついてきたけれど、いつのまにか取《と》り残《のこ》されてしまった。それからまた走って、家にたどりついた。

フェーボを待《ま》っていたけれど、帰ってこなかった。

――どうしてだろう？

ぼくたちは、もどってフェーボを探《さが》すことにした。

――雷《かみなり》がこわいのに、いったいどこに雲隠《くもがく》れしているんだろう……。

みんなは心配《しんぱい》したけれど、村の一件目《けんめ》の家で猟場管理人《りょうばかんりにん》につかまり、リードにつながれたフェーボをすぐに見つけることができた。

「この犬がリードにつながれていないのを見るのは、これで二度《ど》目だ。次《つぎ》は収容所《しゅうようじょ》に連《つ》れていくからな」

「でも嵐《あらし》になって、急《いそ》いで家に帰らなければならなかったんです」ロッセッラが説明《せつめい》した。

シルバーノはフェーボにかけより、首輪《くびわ》とリードをつけた。

猟場管理人《りょうばかんりにん》が言った。

「足が不自由《ふじゆう》で、みにくいこの犬にかわるかわいい子犬を、いつになったら飼《か》うつもりだ？」

シルバーノはフェーボを家に連《つ》れて帰りながら「みにくいのはお前のほうだ」とつぶやいた。

16 ディアナ

十月、ぶどうの木は、よく熟《じゅく》してふくらんだぶどうの房《ふさ》でいっぱいになった。収穫《しゅうかく》の時期《じき》になると、村の近くの農場《のうじょう》にぶどう畑《ばたけ》を持《も》っているピエロおじさんが、畑《はたけ》に招待《しょうたい》してくれた。ぼくたちはフェーボと一緒《いっしょ》にみんなで出かけた。

でもフェーボは、つみ取《と》ってかごに入れるぶどうの房《ふさ》には興味《きょうみ》がなく、並木《なみき》の下の草の中をさまよい、鼻《はな》をクンクンさせ、蝶《ちょう》を追《お》いかけ、それらが何なのかつきとめようとしていた。

ぶどうでいっぱいになった最初《さいしょ》のかごを荷馬車《にばしゃ》に積《つ》んでいると、農場《のうじょう》で犬がほえているのが聞こえてきた。フェーボはすぐに耳を立て、興奮《こうふん》しだした。

「ディアナだよ」ピエロおじさんが言った。

フェーボはぼくたちを見つめていたけれど、その声のところに行きたそうだった。農場《のうじょう》からの犬の声は、フェーボに何かを伝《つた》えようとしていた。もちろんフェーボはそれを理解《りかい》していた。

しばらくすると、フェーボはやはり、ぶどうを収穫《しゅうかく》しているぼくたちを残《のこ》して行ってしまった。シルバーノもかけ出し、なんとか追《お》いついて耳元《みみもと》で話しかけたけれど、フェーボは言うことを聞かなかった。

ピエロおじさんが言った。

「行かせてあげなよ。そうすればディアナと少しは遊《あそ》べるだろう」

シルバーノはフェーボを行かせた。

すると、フェーボの力強い声と、ディアナのかん高い声が聞えてきた。それはまるで、遊《あそ》んでいる子どもたちの声のようだった。

ぼくたちが最後《さいご》のぶどうのかごを脱穀場《だっこくば》に運《はこ》びこんでいても、ディアナとフェーボはまだ遊《あそ》んでいた。二匹《ひき》の心が通じあい、どれだけ幸《しあわ》せだったのかを目にするのは、すてきなことだった。

フェーボに帰ろうと説得《せっとく》するのは簡単《かんたん》ではなかった。そのために、ピエロおじさんはディアナを家にとじこめなければならなかった。しかしフェーボはそこに走って行き、爪《つめ》でドアを引っかいてはほえ、中にとじこめられたディアナもほえていた。二匹《ひき》の声は、まるでおかしなコンサートのようにひびきわたっていた。

フェーボはそこを離《はな》れようとしなかった。「ワンワン」とほえ、歩きまわり、鼻をクンクンさせ、中に入るぬけ道を探《さが》していた。ぼくたちはみんな、まだディアナと遊《あそ》びたがっているフェーボが演《えん》じる『恋《こい》におちたフェーボ』の観客《かんきゃく》だった。

ぼくたちにはフェーボにリードをつけて「さあ、行こう！」と言う勇気《ゆうき》がなかった。結《けっ》局《きょく》、それをやったのはぼくだったけれど大変《たいへん》だった。フェーボはもがいて帰ろうとしなかったからだ。引きとめて、ついてくるように説得《せっとく》しているあいだも、ピエロおじさんの家の方へとぼくを引っぱっていった。

シルバーノがフェーボに近づき、耳元《みみもと》で言った。

「さあフェーボ、家に帰ろう。明日また来よう！」

それでもだめだった。家の中でフェーボを呼《よ》んでいるディアナにもう一度《いちど》会いたくて、必死《ひっし》にほえて引っぱった。

その後、ピエロおじさんが家に入り、きびしくしかるのが聞こえると、ディアナはやっと静《しず》かになった。するとフェーボも、だんだんとおとなしくなっていった。

ぼくたちは必死《ひっし》になって引っぱりながら家に帰ったけれど、フェーボの思いは、ずっとあのドアの向《む》こうにあった。

17 行方《ゆくえ》不明《ふめい》のタートくん

あの日からフェーボはディアナに思いをよせ、小屋《こや》のドアがあいているのを見つけるやいなや、彼女《かのじょ》に会うためにピエロおじさんの農場《のうじょう》へ出かけていった。ピエロおじさんは二匹《ひき》を遊《あそ》ばせ、村に買《か》い物《もの》に出るときにフェーボを家に連《つ》れて帰ってきてくれた。

フェーボはいつでもぼくらと一緒《いっしょ》で、村の誰《だれ》もがフェーボを知っていた。猟場管理人《りょうばかんりにん》に出くわす恐《おそ》れがあるときにつけられていたリードにも、フェーボはすっかりなれていた。

でも、出かけられる場合はいつでも好《す》きなときに外に出て、あらゆるものににおいをかぎ、新しいことを発見《はっけん》していた。

ある朝、学校で教室のドアを引っかく音が聞こえた。フェーボだった。先生がドアをあけると、フェーボは戸口に立ちつくし、まるで笑《わら》っているようにぼくたちを見ていた。フェーボはしっぽをふり、ぼくたちが「おはいり！」と言うのを待《ま》っていた。

クラスのみんなはかけよってきてフェーボをなでた。誰《だれ》かがおやつを差《さ》しだすと、フェーボはすぐさま口をあけ、一気にたいらげた。

「さあ、これがフェーボです。まだ歩けないころに私《わたし》たちが会いに行った犬です。それから会っていませんが、飼《か》い主《ぬし》の日記でよく知っていますね。こちらは今日、私《わたし》たちとともにいる大切なお客様です！」先生はフェーボを教室に入れた。

フェーボには、自分が友《とも》だちの中にいることがすぐにわかったようで、先生や子どもたちの足、かばん、机《つくえ》、ゴミ箱《ばこ》など、なんでもかんでもにおいをかいだ。

ぼくはフェーボを家に帰したかったけれど、先生はこう言った。

「今朝《けさ》は私《わたし》たちと一緒《いっしょ》にいてもらいましょう。それからあなたとお家に帰ればいいわ」

授業中《じゅぎょうちゅう》、フェーボはぼくの机《つくえ》の下で丸くなり、うたた寝《ね》をしていた。フェーボは眠《ねむ》り、夢《ゆめ》を見ていた。ぼくはフェーボが眠《ねむ》るのをいつも見ていたから、夢《ゆめ》の中にいることを知っていた。

フェーボと一緒《いっしょ》に学校から帰る途中《とちゅう》、広場を通りすぎたところで、そうぞうしく話している人たちに出会った。

「確《たし》かにここにいたのよ。朝、私がそうじをしているあいだ、あの子はずっとろうかで遊《あそ》んでいたの。それなのに今は……ああ、どうしよう、いったいどこに……どこにいるの？」

女の人は必死《ひっし》だった。

ぼくが誰《だれ》を探《さが》しているのか聞くと、工場で働《はたら》く母親からあずかった、三歳《さい》の甥《おい》っ子がいなくなったと教えてくれた。

「もうすぐ母親が仕事《しごと》から帰ってくるというのに、どこに姿《すがた》をくらましたのか、わからないの！」女の人は泣《な》いていた。

「溝《みぞ》の中も探《さが》したけれど、いなかった」一人のおじいさんが言った。

上の階《かい》の窓《まど》から女性《じょせい》が姿《すがた》をあらわした。その子のおばあさんだった。

「家の中にはいないよ。上にも、下にも！」

「屋根裏部屋《やねうらべや》も見てくださった？」女の人はますます必死《ひっし》になった。

「どこもかしこも見たよ！」おばあさんが答えた。

女の人は、行方不明《ゆくえふめい》のタートくんを守《まも》ってくれるよう、聖母《せいぼ》マリアに一生懸命《いっしょうけんめい》お祈《いの》りすると、大声で呼《よ》んだ。

「タートくん、タートくん、どこにいるの?」

「ここにはいない!」誰《だれ》かが中庭《なかにわ》から声をあげた。

ぼくもタートくんを探《さが》しはじめ、フェーボを自由《じゆう》にした。すると、どこかに行ってしまった。

「子ども一人で遠くへは行けないさ」人々は言っていた。

「少なくとも三十分前には、ここにいたわけだからね」

まもなくタートくんの母親が帰ってきて、何が起《お》きているのかを知ると、すぐに泣《な》きだした。しかし、誰《だれ》も彼女《かのじょ》を落《お》ち着《つ》かせることができなかった。

そうこうするうちに、学校から他《ほか》の子たちが帰ってきた。その中にはパオリーノやシルバーノもいた。みんなで近所《きんじょ》の中庭《なかにわ》や通りなど、いたるところを探《さが》しはじめた。

ぼくがある家の門から中庭《なかにわ》をくまなく見ていると、フェーボが走ってきてズボンを引っぱった。

「はなして！　タートくんを探《さが》しているんだ！」

でも、なかなかはなしてくれなかったので、ぼくはやめさせようとフェーボをにらんだ。するとフェーボはズボンをはなし、広場の方へ向《む》かったけれど、すぐにもどってきて、またぼくのズボンを引っぱった。それでやっとわかった。

ぼくはフェーボのあとを追《お》った。フェーボはぴょこんぴょこんとはね、足を引きずりながら、空箱《からばこ》が積《つ》みあげられている食料品店《しょくりょうひんてん》の出口までぼくを連《つ》れていくと、箱《はこ》の一つに向《む》かって「ワン」とほえた。その箱《はこ》の中で、男の子がおとなしくお人形で遊《あそ》んでいた。

ぼくがタートくんをだきあげると、フェーボはほえ、その子の家の方へと走った。ぼくもあとに続《つづ》いた。

タートくんをお母さんのところに連《つ》れていくと、お母さんはしっかりとだきしめた。

「ありがとう！　ありがとう！」

「フェーボが見つけたんです！　箱《はこ》の中にいました」

それから、みんなの話題《わだい》の中心《ちゅうしん》はフェーボだった。
ぼくは得意《とくい》げなフェーボと一緒《いっしょ》に帰った。
ぼくはフェーボにキスをして、フェーボはぼくの顔をなめた。

18

謎《なぞ》

十二月のはじめに雪が降《ふ》った。

その雪は、ぼくたちに去年《きょねん》の冬を思い出させた。あの冬、今にも死《し》にそうな名もなき犬がいて、ぼくたちはその犬を救《すく》うためにシフトを組み、昼夜《ちゅうや》を問《と》わず世話《せわ》をしていていた。

——そう、ぼくたちはまた雪で楽しく遊《あそ》べるんだ。ゲレンデのある山をもう一度《いちど》作り、フェーボだって今度《こんど》は一緒《いっしょ》に遊《あそ》ぶことができるんだ。

ぼくとシルバーノがパオリーノの家に遊《あそ》びに行くと、小屋《こや》のドアはあいたままで、フェーボの姿《すがた》がなかった。新しい雪の上にはフェーボの足跡《あしあと》が見えなかったので、雪が降《ふ》る前に出かけたにちがいない。

——でも、いつ？　なぜ？

「ぼくはどこにいるのか知っているよ。恋人《こいびと》のディアナのところさ！」

シルバーノがにっこり笑《わら》った。

ぼくたちがピエロおじさんの農場《のうじょう》に行くと、ディアナが喜《よろこ》んでむかえてくれた。雪かきをするために脱穀場《だっこくば》にいたピエロおじさんは言った。

「いや、ここでは見かけなかったよ」

シルバーノはがっかりだった。ぼくとパオリーノもだ。

ロッセッラに相談《そうだん》すると、大勢《おおぜい》の人が来るお父さんのパン屋《や》に看板《かんばん》をかけてはどうかと言われた。そこでぼくたちは赤いマジックで書いた。

> 足のふじゆうな犬のフェーボを見かけた方は
> すぐにこちらへお知らせください。
> よろしくおねがいします。

でも一日中、新しい情報《じょうほう》はなかった。

とうさんは言っていた。

「犬は数日どこかに行ってしまうこともあるけれど、もどってくる」

ぼくたちは三日待《ま》った。そして四日、五日と待《ま》った。

――一日一日は、なんて長いんだろう！

しかし、フェーボの消息《しょうそく》は何もなかった。

ある日、猟場管理人《りょうばかんりにん》のところに行くと、彼《かれ》は言った。

「もし俺《おれ》がそこら辺《へん》であの犬を見かけていたら、つかまえて収容所《しゅうようじょ》に連《つ》れていっただろうよ」

「しゅうようじょ！」

ぼくたちは顔を見合わせた。希望《きぼう》がもどってきた。

「きっとそこだよ！」パオリーノが声をあげた。

犬の収容所《しゅうようじょ》は、村《むら》はずれの農家《のうか》の集落《しゅうらく》にあった。門番《もんばん》はひどい身《み》なりをした小柄《こがら》な男で、長いヒゲを生《は》やし、髪《かみ》はボサボサだった。

「何の用だ？」

「足の不自由《ふじゆう》な犬を探《さが》しています」

話し声が聞こえ、ぼろ屋《や》にとじこめられていた犬たちがほえはじめた。

「ここにはいないよ」男が言った。

「狂犬病《きょうけんびょう》や皮膚《ひふ》の伝染病《でんせんびょう》の犬、それに毛のぬけ落《お》ちた犬はいるけれど、足の不自由《ふじゆう》な犬はいない。いつ『管理人《かんりにん》』が、ちょっとした『掃除《そうじ》』をしに来るかは知らないが……」

「聞いた？　犬をつかまえて殺《ころ》すのは猟場管理人《りょうばかんりにん》だ！」パオリーノが耳元《みみもと》でささやいた。

そのあいだも、犬たちは悲《かな》しげに激《はげ》しくほえていた。

「犬を見てもいいですか？」

ぼくが聞くと、男がぼろ屋《や》の小窓《こまど》をあけてくれたので、ぼくたちは中をのぞきこんだ。

そこには十匹《ぴき》ほどの犬がいた。やせこけた犬、よごれた犬、小さな犬から大きな犬まで、種《しゅ》類《るい》や色もさまざまだった。地面《じめん》に横《よこ》たわっている犬もいれば、絶《た》えず動《うご》いている犬もいた。犬たちは小窓《こまど》にとびついたり、ほえたり、遠吠《とおぼ》えをしたり、キャンキャンないたりもしていた。

ぼくたちは一匹《ぴき》一匹《ぴき》よく見たけれど、フェーボはいなかった。

「あの犬たちはどこから来たんですか？」ぼくは男に聞いた。

『管理人《かんりにん》』が連《つ》れてくる。あいつらは飼《か》い主《ぬし》に見捨《みす》てられたのさ」

「でも、なんで見捨《みす》てるんですか?」

「だって、犬を捨《す》てるような飼《か》い主《ぬし》は、犬よりも野蛮《やばん》だからな」男はさらに続《つづ》けた。

「犬を飼《か》ったら愛《あい》さなければならない。ひとりの子どものようにな」

その男の人には心があった。だからぼくたちはフェーボの話をした。

「そいつはいったい、どこにいるんだろうね。犬というものは、ときどき謎《なぞ》につつまれている。どこかに行っては帰ってくるけれど、その理由《りゆう》は言わない。もしかしたら、飼《か》い主《ぬし》をなつかしく思っているのかもしれないよ」

しかし、フェーボはもどらなかった。

クリスマスになると、かあさんはシルバーノにも長ズボンをはかせ、ぼくたち二人は盛大《せいだい》なミサに出かけた。教会に行く途中《とちゅう》、一年前に傷《きず》ついた犬が横《よこ》たわっていた溝《みぞ》の前を通りかかった。

「ここにいたんだ!」シルバーノが正確《せいかく》な場所《ばしょ》を指《ゆび》さした。

ミサのあと、ぼくたちはプレゼピオを見にいった。今年のプレゼピオには、去年《きょねん》とちがい家《か》畜小屋《ちくごや》の模型《もけい》はなかったけれど、幼子《おさなご》イエスの像《ぞう》が、さわれそうなくらい近くにあった。

シルバーノが手をのばすと、本当にさわることができた。

「あなたは、フェーボがどこにいるのか知っていますよね？」

シルバーノが、イエスさまにそっとかたりかけた。

そして、ぼくのコートの袖《そで》を引っぱり、ささやいた。

「イエスさまがぼくにほほえんだよ」

「行こう！」

「待《ま》って。もうひとつ聞かなきゃいけないことがあるんだ」

シルバーノはできるだけ近づくと、小さな声でたずねた。

「犬の天国はあるんですか？」

ぼくたちはゆっくりと家に帰った。二人とも何も話す気にならなかった。

ふわっとした雪の結晶《けっしょう》が空を舞《ま》い、ぼくらの顔をぬらしていた。

家に着くと、ピエロおじさんがクリスマスのお祝《いわ》いを言いにきてくれていた。おじさんは白ワインのグラスを片手《かたて》に台所《だいどころ》に座《すわ》り、一口飲《の》んでこう言った。

「サンタクロースがそこを通りかかって、君《きみ》たちのためにと私《わたし》のところにおいていったものがあるんだ」

笑《わら》ってウィンクをして立ちあがると、物置《ものおき》にかごを取《と》りにいった。

謎《なぞ》めいた雰囲気《ふんいき》をただよわせながら、おじさんはテーブルの上にかごをおいた。

かごの中には小さな白い犬がいた！　茶色のまだら模様《もよう》があるその犬は、わらの上で丸くなっていた。

シルバーノは子犬をなで、だきあげて頭にキスをすると、大きな声をあげた。

「ぼくのだ！」

ピエロおじさんがぼくたちを見ながら、ゆっくりと意味《いみ》ありげに言った。

「さあ、当ててみて！　この子のおかあさんはディアナだよ。おとうさんは……」

「フェーボ！」ぼくたち二人は声をそろえた。

ピエロおじさんは満足《まんぞく》そうに笑《わら》っていた。

シルバーノは子犬をテーブルの上におき、注意深《ちゅういぶか》く観察《かんさつ》した。

「この子も足が悪《わる》いの？」

「そんなことはないさ。大切にするんだよ」

「名前はなんていうの？」

「ないよ。君《きみ》たちがつけてあげて」

「フェーボ！」シルバーノは叫《さけ》び、フェーボをだきあげた。

そして、フェーボが今もなお、ぼくたちと一緒《いっしょ》にいるというよい知らせを伝《つた》えるために、パオリーノとロッセッラのところへ走った。

その後、フェーボとうさんの消息《しょうそく》は何もなかった。

あれから何年もたつけれど、足の不自由《ふじゆう》な犬の謎《なぞ》は、いまだに残《のこ》っている。

フェーボはどこへ行ってしまったのだろう？

犬の謎　Il mistero del cane

作　マリオ ローディ
絵　ディレッタ リベラーニ
訳　平田真理
初版発行　2024 年 10 月 10 日
発行人　平田耕介
発行所　株式会社カジワラ書房
〒 167-0043 東京都杉並区上荻 2-6-22
Tel/Fax (03) 5310-1553
https://www.kajiwarashobo.com
印刷製本　シナノ書籍印刷株式会社

Il mistero del cane
Testo: Mario Lodi
Illustrazioni: Diletta Liverani
Progetto grafico di collana: Clara Battello

Printed in Japan ISBN978-4-9913270-3-2

カジワラ書房の本